चतुरी चमार

Owing to the antiquity and rarity of this book, certain pages are regrettably absent, and readability is compromised due to the blurring of the original text. If you possess any insights regarding the availability of these missing sections, kindly inform us. Your assistance is crucial in ensuring the completion of this significant work for the benefit of future generations.

चतुरी चमार

सूर्यकान्त त्रिपाठी 'निराला'

GYAN

Published by

Gyan Publishing House
5, Ansari Road
Daryaganj, New Delhi-110002
Phone: 011-47034999, 9811692060
E-mail: books@gyanbooks.com

Distribution Network
gyanbooks.com
India, USA, Canada, UK, Australia

ISBN: 978-93-7225-079-4 (HB)

First Published, 1800

2nd Impression 2025

Printed at: Gyan Press, Delhi.

चतुरी चमार

Arthur: सूर्यकान्त त्रिपाठी 'निराला'

चतुरी चमार

सूर्यकान्त त्रिपाठी, 'निराला'

किताब महल

इलाहाबाद

आवेदन

'चतुरी चमार' नाम का कहानी-संग्रह पाठकों के सामने है। पहली कहानी 'चतुरी चमार' की हिन्दी-साहित्य में काफ़ी चर्चा हो चुकी है। आलोचक अनेकानेक निबन्धों में इसकी प्रशंसा कर चुके हैं। संग्रहकार अपने संग्रहों में इसको स्थान दे चुके हैं। यही 'देवी' कहानी का है। पाठक पढ़ने पर इनके तथा अन्य कहानियों के मूल्य का हिसाब स्वयं लगा लेंगे। मैंने स्थायी साहित्य के सर्जन के विचार से ये कहानियाँ लिखी हैं। पढ़ने पर पाठकों का श्रम सार्थक होगा, मुझको विश्वास है। भाषा, भाव और विषय के विवेचन में कहानियों के साथ उनका मन पुष्ट होगा। कला अपने आप उनको ऊँचा उठायेगी और उनका मनोरंजन करेगी। उनका श्रम साहित्य ज्ञानार्जन से सार्थक होगा।

इलाहाबाद
२०-३-४५

सूर्यकान्त त्रिपाठी, 'निराला'

सूची

१

चतुरी चमार

(१)

चतुरी चमार डाकखाना चमियानी, मौज़ा गढ़ाकाला, ज़िला उन्नाव का एक क़दीमी बाशिंदा है। मेरे, नहीं, मेरे पिताजी के, बल्कि उनके भी पूर्वजों के मकान के पिछवाड़े, कुछ फ़ासले पर, जहाँ से होकर कई और मकानों के नीचे और ऊपरवाले पनालों का, बरसात और दिन-रात का, शुद्धाशुद्ध जल बहता है, ढाल से कुछ ऊँचे एक बग़ल चतुरी चमार का पुश्तैनी मकान है। मेरी इच्छा होती है, चतुरी के लिये 'गौरवे बहुवचनम्' लिखूँ, क्योंकि साधारण लोगों के जीवन-चरित या ऐसे ही कुछ लिखने के लिये सुप्रसिद्ध संपादक पं० बनारसीदास चतुर्वेदी द्वारा दिया हुआ आचार्य द्विवेदीजी का प्रोत्साहन पढ़कर मेरी श्रद्धा बहुत बढ़ गई है; पर एक अड़चन है, गाँव के रिश्ते में चतुरी मेरा भतीजा लगता है। दूसरों के लिये वह श्रद्धेय अवश्य है; क्योंकि वह अपने उपानह-साहित्य में वह आजकल के अधिकांश साहित्यिकों की तरह अपरिवर्त्तनवादी है। वैसे ही देहात में दूर-दूर तक उसके मज़बूत जूतों की तारीफ़ है। पासी हफ़्ते में तीन दिन हिरन, चौगड़े और बनैले सुअर खदेड़कर फाँसते हैं, किसान अरहर की ठूँठियों पर ढोर भगाते हुए दौड़ते हैं—कटीली झाड़ियों को दबाकर चले जाते हैं, छोकड़े बेल, बबूल, करील और बेर के काँटों से भरे रुंधवाए बाग़ों से सरपट भगते हैं, लोग जेंगरे पर मड़नी करते हैं, द्वारिका नाई न्योता बाँटता हुआ दो साल में दो हज़ार कोस से ज़्यादा चलता है, चतुरी के

जूते अपरिवर्त्तनवाद के चुस्त रूपक-जैसे टस से मस नहीं होते; यह ज़रूर है कि चतुरी के जूते जिला बाँदा के जूतों से वजन में हल्के बैठते हैं; सम्भव है, चित्रकूट के इर्द-गिर्द होने के कारण वहाँ के चर्मकार भाइयों पर रामजी की तपस्या का प्रभाव पड़ा हो, इसलिये उनका साहित्य ज़्यादा ठोस हुआ; चतुरी वगैरह लखनऊ के नजदीक होने के कारण नव्वाबों के साए में आए हों। उन दिनों मैं गाँव रहता था। घर बग़ल में होने के कारण, घर बैठे हुए ही मालूम कर लिया कि चतुरी चतुर्वेदी आदिकों से संत-साहित्य का अधिक मर्मज्ञ है, केवल चिट्ठी लिखने का ज्ञान न होने के कारण एक-क्रिय होकर भी भिन्न-फल है—वे पत्र और पुस्तकों के संपादक हैं, यह जूतों का। एक रोज़ मैंने चतुरी आदि के लिए चरस मँगवाकर अपने ही दरवाज़े बैठक लगवाई। चतुरी उम्र में मेरे चाचाजी से कुछ ही छोटा होगा, कई घरों के लड़के-बच्चे-समेत 'चरस-रसिक रघुपति-पद-नेहू' लोध आदिकों के सहयोग से मजीरेदार डफलियाँ लेकर वह रात आठ बजे आकर डट गया। कबीरदास, सूरदास, तुलसीदास, पल्टूदास आदि ज्ञात-अज्ञात अनेकानेक संतों के भजन होने लगे। पहले मैं निर्गुण शब्द का केवल अर्थ लिया करता था, लोगों को 'निर्गुण पद है' कहकर संगीत की प्रशंसा करते हुए सुनकर हँसता था; अब गंभीर हो जाया करता हूँ—जैसी उम्र की बाढ़ के साथ अक्ल बढ़ती है! मैं मचिया पर बैठकर भजन सुनने लगा। चतुरी आचार्य-कंठ से लोगों को भूले पदों की याद दिला दिया करता। मुझे मालूम हुआ, चतुरी कबीर-पदावली का विशेषज्ञ है। मुझसे उसने कहा—"काका, ये निर्गुण-पद बड़े-बड़े विद्वान् नहीं समझते।" फिर शायद मुझे भी उन्हीं विद्वानों की कोटि में शुमार कर बोला—"इस पद का मतलब—" मैंने उतरे गले से बात काटकर उभड़ते हुए कहा—"चतुरी, आज गा लो, कल सुबह आकर मतलब समझाना। मतलब से गाने की तलब चली जायगी।" चतुरी खँखारकर गंभीर हो गया। फिर उसी तरह डिक्टेट करता

रहा। बीच-बीच ओजस्विता लाने के लिये चरस की पुट चलती रही। गाने में मुझे बड़ा आनन्द आया। ताल पर तालियाँ देकर मैंने भी सहयोग किया। वे लोग ऊँचे दर्जे के उन गीतों का मतलब समझते थे, उनकी नीचता पर यह एक आश्चर्य मेरे साथ रहा। बहुत-से गाने आलंकारिक थे। वे उनका भी मतलब समझते थे। रात एक तक मैं बैठा रहा। मुझे मालूम न था कि 'भगत' कराने के अर्थ रात-भर गवाने के हैं। तब तक आधी चरस भी खतम न हुई थी। नींद ने जोर मारा। मैंने चतुरी से चलने की आज्ञा माँगी। चरस की ओर देखते हुए उसने कहा—"काका, फिर कैसे काम बनेगा?" मैंने कहा—"चतुरी, तुम्हारी काकी तो भगवान् के यहाँ चली गई, जानते ही हो—भोजन अपने हाथ पकाना पड़ता है, कोई दूसरा मदद के लिए है नहीं, जरा आराम न करेंगे, तो कल उठ न पायेंगे।" चतुरी नाराज़ होकर, बोला—"तुम ब्याह करते ही नहीं, नहीं तो तेरह काकी आ जायँ हाँ, वैसी तो—" मैंने कहा—"चतुरी, भगवान् की इच्छा।" दुखी हृदय से सहानुभूति दिखलाते हुए चतुरी ने कहा—"काकी बहुत पढ़ी-लिखी थीं। मैंने हसार को कई चिट्ठियाँ उनसे लिखवाई हैं।" फिर चलती हुई चिलम में दम लगाकर, धुवाँ पीकर, सर नीचे की ओर ज़ोर से दबाकर, नाक से धुवाँ निकालकर बैठे गले से बोला—"काकी रोटी भी करती थीं, बर्तन भी मलती थीं, और रोज़ रामायण भी पढ़ती थीं, बड़ा अच्छा गाती थीं काका, तुम वैसा नहीं गाते, बुढ़ऊ बाबा (मेरे चाचा) दरवाजे बैठते थे—भीतर काकी रामायण पढ़ती थीं। गजलें और न-जाने क्या-क्या—टिल्लाना गाती थीं—क्यों काका?" मैंने कहा—"हूँ; तुम लोग चतुरी गाओ, मैं दरवाजा बन्द करके सुनता हूँ।"

(२)

जगने तक भगत होती रही। फिर कब बंद हुई, मालूम नहीं। जब आँख खुली, तब काफी दिन चढ़ आया था। मुँह धोकर

दरवाज़ा खोला, चतुरी बैठा एकटक दरवाज़े की ओर देख रहा था। कबीर-पदावली का अर्थ उससे किसी ने नहीं सुना, मैंने सुबह सुनने के लिये कहा था, वह आया हुआ है। मैंने कहा—"क्यों चतुरी, रात सोए नहीं ?" चतुरी सहज-गंभीर मुद्रा से बोला—"सोकर जगे तो बड़ी देर हुई, बुलाने की वजह आया हुआ हूँ।" जिनमें शक्ति होती है, अवैतनिक शिक्षक वही हो सकते हैं। मैंने कहा—"मैं तैयार हूँ, पहले तुम कबीर साहब की कोई उल्टबाँसी सीधी करो।" "कौन सुनाऊँ ?" चतुरी ने कहा—"एक से एक बढ़कर हैं। मैं कबीरपंथी हूँ न काका, जहाँ गिरह लगती है, साहब आप खोल देते हैं।" मैंने कहा—"तुम पहुँचे हुए हो, यह मुझे कल ही मालूम हो गया था।" चतुरी आँख मूँदकर शायद साहब का ध्यान करने लगा, फिर सस्वर एक पद गुनगुनाकर गाने लगा, फिर एक-एक कड़ी गाकर अर्थ समझाने लगा। उसके अर्थ में अनर्थ पैदा करना आनन्द खोना था। जब वह भाष्य पूरा कर चुका, जिस तरह के भाष्य से हिंदीवालों पर 'कल्याण' के निरामिष लेखों का प्रभाव पड़ सकता है, मैंने कहा—"चतुरी, तुम पढ़े-लिखे होते, तो पाँच सौ की जगह पाते।" खुश होकर चतुरी बोला—"काका, कहो तो अर्जुनवा (चतुरी का एक सत्रह साल का लड़का) को पढ़ने के लिये भेज दिया करूँ, तुम्हारे पास पढ़ जायगा, तुम्हारी विद्या ले लेगा, मैं भी अपनी दे दूँगा, तो कहो, भगवान् की इच्छा हो जाय, तो कुछ हो जाय।" मैंने कहा—"भेज दिया करो। दिया घर से लेकर आया करे। हमारे पास एक ही लालटेन है। बहुत नज़दीक घिसेगा, तो गाँववाले चौंकेंगे। आगे देखा जायगा। लेकिन गुरु-दक्षिणा हम रोज़ लेंगे। घबराओ मत। सिर्फ़ बाज़ार से हमारे लिये गोश्त ले आना होगा, और महीने में दो दिन चक्की से आटा पिसवा लाना होगा। इसकी मिहनत हम देंगे। बाज़ार तुम जाते ही हो।" चतुरी को इस सहयोग से बड़ी ख़ुशी हुई। एक प्रसंग पर आने के विचार से, मैंने कहा—"चतुरी, तुम्हारे जूते की बड़ी तारीफ़ है।" ख़ुश

हो कर चतुरी बोला—"हाँ, काका, दो साल चलता है।" उसमें एक दर्द भी दबा था। दुखी होकर कहा—"काका, जिमींदार के सिपाही को एक जोड़ा हर साल देना पड़ता है। एक जोड़ा भगतवा देता है, एक जोड़ा पंचमा। जब मेरा ही जोड़ा मजे में दो साल चलता है, तब ज्यादा लेकर कोई चमड़े की बरबादी क्यों करे?" कहकर डबडबाई आँखों देखता हुआ जुड़े हाँथों सेवईं-सी बटने लगा।

मुझे सहानुभूति के साथ हँसी आ गई। मगर हँसी को होंठों से बाहर न आने दिया। सँभलकर स्नेह से कहा—"चतुरी, इसका वाजिब-उल-अर्ज में पता लगाना होगा। अगर तुम्हारा जूता देना दर्ज होगा, तो इसी तरह पुश्त-दर-पुश्त तुम्हें जूते देते रहने पड़ेंगे।"

चतुरी सोच कर मुस्किराया। बोला—"अब्दुल-अर्ज में दर्ज होगा, क्यों काका?" मैंने कहा—"हूँ, देख लो, सिर्फ़ एक रुपया हक़ लगेगा।"

वक्त बहुत हो गया था। मुझे काम था। चतुरी को मैंने बिदा किया। वह गम्भीर होकर सर हिलाता हुआ चला। मैं उसके मनोविकार पढ़ने लगा—"वह एक ऐसे जाल में फँसा है, जिसे वह काटना चाहता है, भीतर से उसका पूरा जोर उभड़ रहा है, पर एक कमजोरी है, जिसमें बार-बार उलझकर रह जाता है।"

(३)

अर्जुन का आना जारी हो गया। उन दिनों बाहर मुझे कोई काम न था, देहात में रहना पड़ा। गोश्त आने लगा। समय-समय पर लोध, पासी, धोबी और चमारों का ब्रह्मभोज भी चलता रहा। घृत-पक्व मसालेदार मांस की .ख़ुशबू से जिसकी भी लार टपकी, आप निमंत्रित होने को पूछा। इस तरह मेरा मकान साधारण जनों का अड्डा, बल्कि House of Commons हो गया। अर्जुन की पढ़ाई उत्तरोत्तर बढ़ चली। पहले-पहल जब 'दादा, मामा, काका, दीदी, नानी' उसने सीखा, तो हर्ष में उसके माँ-बाप सम्राट्-पद पाए

हुए को छापकर छलके। सब लोग आपस में कहने लगे, अब अर्जुनवा 'दादा-दीदी' पढ़ गया। अर्जुन अपने बाप चतुरी को दादा और माँ को दीदी कहता था। दूसरे दिन उसके बड़े भाई ने मुझसे शिकायत की, कहा—"बाबा, अर्जुनवा और तो सब लिख-पढ़ लेता है, पर भय्या नहीं लिखता।" मैंने समझाया कि किताब में 'दादा-दीदी' से भय्या की इज्ज़त बहुत ज्यादा है; 'भय्या' तक पहुँचने में उसे दो महीने की देर होगी।

धीरे-धीरे आम पकने के दिन आए। अर्जुन अब दूसरी किताब समाप्त कर अपने खानदान में विशेष प्रतिष्ठित हो चला। कुछ नाज़ुक-मिज़ाज भी हो गया। मोटा काम न होता था। आम खिलाने के विचार से मैं अपने चिरंजीव को लिवा लाने के लिये ससुराल गया। तब उसकी उम्र ६-१० साल की होगी। सोम या चहरुम में पढ़ता था। मेरे यहाँ उसके मनोरञ्जन की चीज़ न थी। कोई स्त्री भी न थी, जिसके प्यार से वह बहला रहता। पर दो-चार दिन के बाद मैंने देखा, वह ऊबा नहीं, अर्जुन से उसकी गहरी दोस्ती हो गई है। मैं अर्जुन के बाप का जैसा, वह भी अर्जुन का काका लगता था। यद्यपि अर्जुन उम्र में उससे पौने-दो-पट था, फिर भी पद और पढ़ाई में मेरे चिरंजीव बड़े थे, फिर यह ब्राह्मण के लड़के भी थे। अर्जुन को नई और इतनी बड़ी उम्र में उतने छोटे से काका को श्रद्धा देते हुए प्रकृति के विरुद्ध दबना पड़ता था। इसका असर अर्जुन के स्वास्थ्य पर तीन ही चार दिन में प्रत्यक्ष हो चला। तब मुझे कुछ मालूम न था, अर्जुन शिकायत करता न था। मैं देखता था, जब मैं डाकख़ाना या बाहर-गाँव से लौटता हूँ, मेरे चिरंजीव अर्जुन के यहाँ होते हैं, या घर ही पर उसे घेरकर पढ़ाते रहते हैं। चमारों के टोले में गोस्वामीजी के इस कथन को—'मनहु मत्त गजगन निरखि सिंह-किसोरहिं चोप'—वह कई बार सार्थक करते देख पड़े। मैं ब्राह्मण-संस्कारों की सब बातों को समझ गया। पर उसे उपदेश क्या देता? चमार दबेंगे, ब्राह्मण

दबाएँगे। दवा है, दोनों की जड़ें मार दी जायँ, पर यह सहज-साध्य नहीं। सोचकर चुप हो गया।

मैं अर्जुन को पढ़ाता था, तो स्नेह देकर, उसे अपनी ही तरह का एक आदमी समझकर, उसके उच्चारण की त्रुटियों को पार करता हुआ। उसकी कमजोरियों की दरारें भविष्य में भर जायँगी, ऐसा विचार रखता था। इसलिए कहाँ-कहाँ उसमें प्रमाद है, यह मुझे याद भी न था। पर मेरे चिरंजीव ने चार ही दिन में अर्जुन की सारी कमजोरियों का पता लगा लिया, और समय-असमय उसे घर बुलाकर (मेरी ग़ैर-हाजिरी में) उन्हीं कमजोरियों के रास्ते उसकी जीभ को दौड़ाते हुए अपना मनोरंजन करने लगे। मुझे बाद को मालूम हुआ।

सोमवार मियाँगंज के बाजार का दिन था। गोश्त के पैसे मैंने चतुरी को दे दिये थे। डाकख़ाना तब मगरायर था। वहाँ से बाज़ार नजदीक है। मैं डाकख़ाने से प्रबन्ध भेजने के लिए टिकट लेकर टहलता हुआ बाजार गया। चतुरी जूते की दूकान लिए बैठा था। मैंने कहा—"कालिका (धोबी) भैया आये हुए हैं, चतुरी; हमारा गोश्त उनके हाथ भेज देना। तुम बाज़ार उठने पर जाओगे, देर होगी।" चतुरी ने कहा—"काका, एक बात है, अर्जुनवा तुमसे कहते डरता है, मैं घर आकर कहूँगा, बुरा न मानना लड़कों की बात का।" 'अच्छा' कहकर मैंने बहुत कुछ सोच लिया। बक़र-क़साई के सलाम का उत्तर देकर बादाम और ठण्डाई लेने के लिए बनियों की तरफ़ गया। बाज़ार में मुझे पहचाननेवाले न पहचाननेवालों को मेरी विशेषता से परिचित करा रहे थे—चारों ओर से आँखें उठी हुई थीं—ताज्जुब यह था कि अगर ऐसा आदमी है, तो मांस खाना-जैसा घृणित पाप क्यों करता है। मुझे क्षण-मात्र में यह सब समझ लेने का काफ़ी अभ्यास हो गया था। गुरुमुख ब्राह्मण आदि मेरे घड़े का पानी छोड़ चुके थे। गाँव तथा पड़ोस के लड़के अपने-अपने भक्तिमान पिता-पितामहों को समझा चुके थे कि बाबा (मैं) कहते हैं, मैं पानी-पाँड़े थोड़े ही हूँ, जो ऐरे-ग़ैरे

नत्थू-खैरे सबको पानी पिलाता फिरूँ। इससे लोग और नाराज़ हो गये थे। साहित्य की तरह समाज में भी दूर-दूर तक मेरी तारीफ़ फैल चुकी थी—विशेष रूप से जब एक दिन बिलायत की रोटी-पार्टी की तारीफ़ करनेवाले एक देहाती स्वामीजी को मैंने कबाब खाकर काबुल में प्रचार करनेवाले, रामचन्द्रजी के वक़्त के, एक ऋषि की कथा सुनाई, और मुझसे सुनकर वहीं गाँव के ब्राह्मणों के सामने बीड़ी पीने के लिए प्रचार करके भी वह मुझे नीचा नहीं दिखा सके—उन दिनों भाग्य-वश मिले हुए अपने आवारागर्द नौकर से बीड़ी लेकर, सबके सामने दियासलाई लगाकर मैंने समझा दिया कि तुम्हारा इस जूठे धुएँ से बढ़कर मेरे पास दूसरा महत्त्व नहीं।

मैं इन आश्चर्य की आँखों के भीतर बादाम और ठण्डाई लेकर जरा रीढ़ सीधी करने को हुआ कि एक बुड्ढे पंडितजी एक देहाती भाई के साथ मेरी ओर बढ़ते नज़र आये। मैंने सोचा, शायद कुछ उपदेश होगा। पंडितजी सारी शिकायत पीकर, मधु-मुख हो अपने प्रदर्शक से बोले—"आप ही हैं?" उसने कहा—"हाँ, यही हैं।" पंडितजी देखकर गद्‌गद हो गये। ठोढ़ी उठाकर बोले—"ओहोहो! आप धन्य हैं।" मैंने मन में कहा—"नहीं, मैं वन्य हूँ। मजाक़ करता है खूसट।" पर ग़ौर से उनका पग और खौर देखकर कहा—"प्रणाम करता हूँ पंडितजी।" पंडितजी मारे प्रेम के संज्ञा खो बैठे। मेरा प्रणाम मामूली प्रणाम नहीं—बड़े भाग्य से मिलता है। मैं खड़ा पंडितजी को देखता रहा। पंडितजी ने अपने देहाती साथी से पूछा—"आप बे-मे सब पास हैं?" उनका साथी अत्यन्त गम्भीर होकर बोला—"हाँ! जिला में दूसरा नहीं है।" होंठ काटकर मैंने कहा—"पंडितजी, रास्ते में दो नाले और एक नदी पड़ती है। भेड़िए लागन हैं। डंडा नहीं लाया। आज्ञा हो, तो चलूँ—शाम हो रही है।" पंडितजी स्नेह से देखने लगे। जो शिकायत उन्होंने सुनी थी, आँखों में उस पर सन्देह था; दृष्टि कह रही थी—"यह वैसा नहीं—जरूर गोश्त न खाता होगा,

बीड़ी न पी होगी, लोग पाजी हैं।" प्रणाम करके, आशीर्वाद लेकर मैंने घर का रास्ता पकड़ा।

दरवाज़े पर आकर रुक गया। भीतर बातचीत चल रही थी। प्रकाश कुछ-कुछ था। सूर्य डूब रहे थे। मेरे पुत्र की आवाज़ आई—"बोल रे, बोल।" इस वीर-रस का अर्थ मैं समझ गया। अर्जुन बोलता हुआ हार चुका था, पर चिरंजीव को रस मिलने के कारण बुलाते हुए हार न हुई थी। चूँकि बार-बार बोलना पड़ता था, इसलिए अर्जुन बोलने से ऊबकर चुप था। डाँटकर पूछा गया, तो सिर्फ़ कहा—"क्या?"

"वही—गुण, बो-ल।"

अर्जुन ने कहा—"गुड़।"

बच्चे के अट्टहास से घर गूँज उठा। भरपेट हँसकर, स्थिर होकर फिर उसने आज्ञा की—"बोल—गणेश।"

रोनी आवाज़ में अर्जुन ने कहा—"गड़ेस।" खिलखिलाकर, हँसकर, चिरंजीव ने डाँटकर कहा—"गड़ेस-गड़ास करता है—साफ़ नहीं कह आता—क्यों रे, रोज़ दातौन करता है?"

अर्जुन अप्रतिभ होकर, दबी आवाज़ में एक छोटी-सी 'हूँ' करके, सर झुकाकर रह गया। मैं दरवाज़ा धीरे से धकेलकर भीतर खम्भे की आड़ से देख रहा था। मेरे चिरंजीव उसे उसी तरह देख रहे थे, जैसे गोरे कालों को देखते हैं। ज़रा देर चुप रहकर फिर आज्ञा की—"बोल वर्ण।"

अर्जुन की जान की आ पड़ी। मुझे हँसी भी आई, ग़ुस्सा भी लगा। निश्चय हुआ, अब अर्जुन से विद्या का धनुष नहीं उठने का। अर्जुन वर्ण के उच्चारण में विवर्ण हो रहा था। तरह-तरह से मुँह बना रहा था। पर खुलकर कुछ कहता न था। उसके मुँह बनाने का आनन्द लेकर चिरंजीव ने फिर डाँटा—"बोलता है, या लगाऊँ झापड़। नहा लूँगा, गरमी तो है।"

मैंने सोचा, अब प्रकट होना चाहिए। मुझे देखकर अर्जुन खड़ा हो गया, और आँखें मल-मलकर रोने लगा। मैंने पुत्र-रत्न से कहा—"कान पकड़कर उठो-बैठो दस दफ़े।" उसने नजर बदलकर कहा—"मेरा क़ुसूर कुछ नहीं, और मैं यों ही कान पकड़कर उठूँ-बैठूँ!" मैंने कहा—"तुम इससे गुस्ताख़ी कर रहे थे।" उसने कहा—"तो आपने भी की होगी। इससे 'गुरु' कहला दीजिए, आपने पढ़ाया तो है, इसकी किताब में लिखा है।" मैंने कहा—"तुम हँसते क्यों थे?" उसने कहा—"क्या मैं जान-बूझकर हँसता था?" मैंने कहा—"अब आज से तुम इससे बोल न सकोगे।" लड़के ने जवाब दिया—"मुझे मामा के यहाँ छोड़ आइए, यहाँ डाल के आम खट्टे होते हैं—चोपी होती है—मुँह फदक जाता है, वहाँ पाल के आम आते हैं।"

चिरंजीव को नाई के साथ भेजकर मैंने अर्जुन और चतुरी को सान्त्वना दी।

(४)

कुछ महीने और मुझे गाँव रहना पड़ा। अर्जुन कुछ पढ़ गया। शहरों की हवा मैंने बहुत दिनों से न खाई थी—कलकत्ता, बनारस, प्रयाग आदि का सफ़र करते हुये लखनऊ में डेरा डाला—स्वीकृत किताबें छपवाने के विचार से। कुछ काम लखनऊ में और मिल गया। अमीनाबाद होटल में एक कमरा लेकर निश्चिन्त चित्त से साहित्य-साधना करने लगा।

इन्हीं दिनों देश में आंदोलन जोरों का चला—यही, जो चतुरी आदिकों के कारण फ़िस्स हो गया है। होटल में रहकर, देहात से आनेवाले शहरी युवक मित्रों से सुना करता था, गढ़ाकोला में भी आंदोलन जोरों पर है—छ-सात सौ तक का जोत किसान लोग इस्तीफ़ा देकर छोड़ चुके हैं—वह जमीन अभी तक नहीं उठी—किसान रोज़ इकट्ठे होकर झंडा-गीत गाया करते हैं। साल-भर बाद, जब आंदोलन में प्रतिक्रिया हुई, जमींदारों ने दावा करना और रियाया को बिना किसी

रियायत के दबाना शुरू किया, तब गाँव के नेता मेरे पास मदद के लिये आए, बोले—"गाँव में चलकर लिखो। तुम रहोगे, तो मार न पड़ेगी, लोगों को हिम्मत रहेगी, अब सख्ती हो रही है।" मैंने कहा—"मैं कुछ पुलिस तो हूँ नहीं, जो तुम्हारी रक्षा करूँगा, फिर मार खाकर चुपचाप रहनेवाला धैर्य मुझमें बहुत थोड़ा है, कहीं ऐसा न हो कि शक्ति का दुरुपयोग हो।" गाँव के नेता ने कहा—"तुम्हें कुछ करना तो है नहीं, बस बैठा रहना है।" मैं गया।

मेरे गाँव की कांग्रेस ऐसी थी कि जिले के साथ उसका कोई तअल्लुक़ न था—किसी खाते में वहाँ के लोगों के नाम दर्ज न थे। पर काम में पुरवा-डिविज़न में उससे आगे दूसरा गाँव न था। मेरे जाने के बाद पता नहीं, कितनी दरख्वास्तें ज़मींदार साहब ने इधर-उधर लिखीं।

कच्चे रंगों से रँगा तिरँगा झंडा महाबीर स्वीमी के सामने एक बड़े बाँस में गड़ा, बारिश से धुलकर धवल हो रहा था। इन दिनों मुक़दमें-बाजी और तहकीक़ात ज़ोरों से चल रही थी। कुछ किसानों पर, एक साल के हरी-भूसे को तीन साल की बाक़ी बनाकर, ज़मींदार साहब ने दावे दायर किए थे, जो अपनी क्षुद्रता के कारण ज़मींदार आनरेरी मजिस्ट्रेट के पास आकर किसानों की दृष्टि में और भयानक हो रहे थे। एक दिन, दरख्वास्तों के फलस्वरूप शायद, दारोग़ाजी तहक़ीक़ात करने आए। मैं मगरायर डाक देखने जा रहा था। बाहर निकला, तो लोगों ने कहा—"दारोग़ाजी आए हैं, अभी रहो।" आगे दारोग़ाजी भी मिल गए। ज़मींदार साहब ने मेरी तरफ़ दिखाकर अँगरेज़ी में धीरे से कुछ कहा। तब मैं कुछ दूर था, सुना नहीं। गाँव वाले समझे नहीं, दारोग़ाजी झंडे की तरफ़ जा रहे थे। ज़मींदार शायद उखड़वा देने के इरादे लिये जा रहे थे। महावीरजी के अहाते में झंडा देखकर दारोग़ाजी कुछ सोचने लगे, बोले—"यह तो मंदिर का झंडा है।" अच्छी तरह देखा, उसमें कोई रंग न देख पड़ा। ज़मींदार साहब को ग़ौर से देखते

हुये लौटकर डेरे की तरफ़ चले। ज़मींदार साहब ने बहुत समझाया कि यह बारिश से धुलकर सफ़ेद हो गया है, लेकिन है यह कांग्रेस का झंडा। पर दारोग़ाजी बुद्धिमान थे।

महावीरजी के अहाते में सफ़ेद झंडे को उखड़वाकर वीरता प्रदर्शित करने की आज्ञा न दी। गाँव में कांग्रेस है, इसका पता न सब-डिविज़न में लगा, न ज़िले में; थानेदार साहब करें क्या?

उन दिनों मुझे उन्निद्र-रोग था। इसलिये सर के बाल साफ़ थे। मैंने सोचा—"वेश का अभाव है, तो भाषा को प्रभावशाली करना चाहिए; नहीं तो थानेदार साहब पर अच्छी छाप न पड़ेगी। वहाँ तो महावीर स्वामी की कृपा रही, यहाँ अपनी ही सरस्वती का सहारा है।" मैं ठेठ देहाती हो रहा था; थानेदार साहब ने मुझसे पूछा—"आप कांग्रेस में हैं?" मैंने सोचा—"इस समय राष्ट्रभाषा से राजभाषा का बढ़कर महत्त्व होगा।" कहा—"मैं तो विश्व-सभा का सदस्य हूँ।" इस सभा का नाम भी थानेदार साहब ने न सुना था। पूछा—"यह कौन-सी सभा है?" उनके जिज्ञासा-भाव पर गम्भीर होकर नोबुल-पुरस्कार पाए हुए कुछ लोगों के नाम गिनाकर मैंने कहा—"ये सब उसी सभा के सदस्य हैं।" थानेदार साहब क्या समझे; वह जानें। मुझसे पूछा, "इस गाँव में कांग्रेस है?" मैंने सोचा—युधिष्ठिर की तरह सत्य की रक्षा करूँ, तो असत्य-भाषण का पाप न लगेगा।" कहा—"इस गाँव के लोग तो कांग्रेस का मतलब भी नहीं जानते।" इतना कहकर मैंने सोचा—"अब ज़्यादा बातचीत ठीक न होगी।" उठकर खड़ा हो गया, और थानेदार साहब से कहा—"अच्छा, मैं चलता हूँ। ज़रा डाकख़ाने में काम है। चिट्ठीरसा हफ़्ते में दो ही दिन गश्त पर आता है। मेरी ज़रूरी चिट्ठियाँ होती हैं, और रजिस्ट्री, अख़बार, मासिक पत्र-पत्रिकाएँ आती हैं, फिर उस गाँव में हम लोगों की लाइब्रेरी भी है, जाना पड़ता है।" थानेदार साहब ने पूछा—"कांग्रेस की चिट्ठियाँ आती हैं?" मैंने कहा—"नहीं, मेरी अपनी।" मैं चला आया। थानेदार

साहब जमींदार साहब से शायद नाराज़ होकर गये।

इससे तो बचाव हुआ, पर मुक़द्दमा चलता रहा। जमींदार ऑनरेरी मैजिस्ट्रेट ने, जिनके एक रिश्तेदार ज़मींदार की तरफ़ से वकील थे, किसानों पर ज़मींदार को डिगरी दे दी। बाद को चतुरी वग़ैरह की बारी आई। दावे दायर हो गये, अब तक जो सम्मिलित धन मुक़द्दमों में लग रहा था, सब खर्च हो गया। पहले की डिगरी में कुछ लोगों के बैल वग़ैरह नीलाम कर लिये गये। लोग घबरा गये। चतुरी को मदद की आशा न रही। गाँववालों ने चतुरी आदि के लिये दोबारा चन्दा न लगाया।

चतुरी सूखकर मेरे सामने आकर खड़ा हुआ। मैंने कहा—"चतुरी, मैं शक्ति-भर तुम्हारी मदद करूँगा।"

"तुम कहाँ तक मदद करोगे काका ?" चतुरी जैसे कुएँ में डूबता हुआ उभड़ा।

"तो तुम्हारा क्या इरादा है ?" उसे देखते हुये मैंने पूछा।

"मुक़द्दमा लड़ूँगा। पर गाँववाले डर गये हैं, गवाही न देंगे।" दिल से बैठा हुआ चतुरी बोला।

उस परिस्थिति पर मुझे भी निराशा हुई। उसी स्वर से मैंने पूछा—"फिर, चतुरी ?"

चतुरी बोला—"फिर छेदनी-पिरकिया आदि मालिक ही ले लें।"

(५)

मैंने गाँव में कुछ पक्के गवाह ठीक कर दिये। सत्तू बाँधकर, रेल छोड़कर, पैदल दस कोस उन्नाव चलकर, दूसरी पेशी के बाद पैदल ही लौटकर हँसता हुआ चतुरी बोला—"काका, जूता और पुरवाली बात अब्दुल-अर्ज़ में दर्ज नहीं है।"

२

सखी

(१)

आज थिएटर जाने की बात है। माडल हौसेज़ की छात्रा तरुणियों में निश्चय हो गया है, सब एकसाथ जायँगी। निर्मला माधवी, कमला, ललिता, शुभा और श्यामा आदि सज-सजकर एक दूसरी से मिलती हुई एकत्र होने लगीं। कमला के मकान में पहले से सबके मिलने का निश्चय हो चुका था। ज्योतिर्मयी उर्फ़ जोत अभी नहीं आई। समय थिएटर जाने का क़रीब आ गया।

ललिता बोली—"वह आज कॉलेज में इतनी खुश थी कि अवकाश-वाली लड़कियों से गप लड़ाती, मजाक़ करती हुई, समय से पहले घर चली आई थी। पूरे उच्छ्वास से थिएटर चलना स्वीकार किया था। मैंने पूछा भी कि क्या है, जो आज जमीनपर क़दम नहीं पड़ रहे हैं। जवाब न देकर मेरी ओर देखकर हँसने लगी।"

शुभा—"तो क्रास नहीं किया ?"

"नः," ललिता बोली।

श्यामा—"मुझसे कहा कि पढ़ना-लिखना तो अब यहीं तक समझो।"

निर्मला—"क्यों, उसे कोई अड़चन तो है नहीं; फिर पढ़ाई क्यों बन्द कर रही है ?"

श्यामा हँसने लगी। बोली—"वह कहती है, अब पढ़ना छोड़कर पढ़ाना पड़ेगा, इसकी तैयारी करनी है।"

सब हँसती हुई एक दूसरी की ओर देखने लगीं।

माधवी—"इसका मतलब ?"

श्यामा हँसकर बोली—"उसे बड़ी चिन्ता है कि शिक्षार्थी आई० सी० एस्० है।"

"अच्छा", कई एकसाथ कह उठीं—"यह बात है!"

ललिता—"तो चलो, उसीके मकान से चला जाय। देखें, आपने अपनी तैयारी में कहाँ तक तरक्की की।"

सब जोत के मकान चलीं। सब आइसाबेला थाबर्न कॉलेज की छात्राएँ हैं। कोई तीसरे, कोई चौथे, कोई पाँचवें, कोई छठे साल में है। जोत का अभी तीसरा ही साल है।

घर पहुँचकर दंगल-का-दंगल जोत के कमरे में पैठा। वह जैसी जोत है, उसका पहनावा भी वैसा ही जगमगाता हुआ। उस समय वह आईने के सामने खड़ी मुस्किरा रही थी। एकाएक संगनियों को देखकर लजा गई। बोली—"मुझे ज़रा देर हो गई।" वजह कोई न थी। सोचकर कुछ कह दे, हृदय और मस्तिष्क में उतनी जगह न थी—एक अजीब भाव में सारी देह भरी हुई थी, अतः देर के लिए दबनेवाले स्वर में भी उच्छ्वास उमड़ रहा था।

श्यामा बोली—"अब तो हर काम के लिए देर होगी। जल्दबाज़ी सिर्फ़ खास विद्यार्थी को अवैतनिक पढ़ाने के वक्त हो तो हो।"

सब हँसने लगीं। ललिता ने देखा—मेज़ पर एक खुला अँगरेज़ी लिफ़ाफ़ा पड़ा हुआ है। उठा लिया।

उठाते ही जोत तीर-सी ललिता पर टूटी। पर श्यामा ने पकड़ लिया—"अरे-अरे, अभी से। अभी तो पढ़ने की दरख्वास्त मंजूर होने को आई होगी।"

ललिता ऊँचे स्वर से पढ़ने लगी। श्यामा जोत को पकड़े रही। चिट्ठी अँगरेज़ी में थी। आवश्यकता से अधिक लम्बी। बायरन, शेली आदि के उद्धरण थे ही, विद्यापति भी नहीं बचे थे। पकड़ी हुई जोत ख़ुशी में छलक रही थी।

पत्र समाप्त कर सब चलने को हुईं; अमीनाबाद से ताँगे कर लेंगी,

एक जोत की मोटर में सब अट सकतीं नहीं, क्योंकि सामने ड्राइवर की वजह सीट खाली रहेगी।

जोत को लीला की याद आई। बोली—"भई, लीला रही जाती है, उसे भी ले लें।"

"उससे चलने की बात तो हुई नहीं, वह शायद ही जाय।" माधवी बोली।

"पक्की कंजूस है। पैसा दाँत से पकड़ती है।" श्यामा ने कहा—"सौ रुपये कम-से-कम ट्यूशन से पाती है, पर हालत देखो, तो मालूम होगा महादरिद्र।"

जोत लजाकर बोली—"तुम्हें तो उसका जीवन-चरित लिखने को मिले, तो चौपट करके छोड़ो। हमारे कॉलेज में एक ही कैरेक्टर है। कहो तो, उसके यहाँ पैदा करनेवाला कौन है? ट्यूशन से अपना खर्च चलाती है, छोटे भाइयों को भी पढ़ाती है, साथ घर का खर्च भी है। बूढ़ी माँ को कोई तकलीफ़ न हो, इसके लिए बेचारी कितना खटती है! मेहनत की मारी सूखकर काँटा हो रही है। चेहरे में आँखें ही आँखें तो हैं।"

(२)

लीला का घर आ गया। सब भीतर धँस गईं। लीला पढ़ रही थी।

जोत ने हाथ से किताब छीन ली, थप से मेज़ पर रखकर बोली—"मिस लैला, मजनू के मज़मून में दीवानी न बनो। प्रेम का परिणाम बुरा होता है प्यारी! चलो, कलकत्ते से पारसी कम्पनी आई हुई है, वहाँ हम लोग धार्मिक शिक्षा ग्रहण करें।"

लीला जोत से दो साल आगे, एम० ए० में है। जोत चंचल है। लीला क्षमा करती है। शीर्ण मुख की बड़ी-बड़ी सकरुण आँखों से देखती हुई बोली—"भई, तुम लोग जाओ। मुझे इतना समय कहाँ?"

"समय नहीं, पैसे कहो।" श्यामा बोली।

"अच्छा, पैसे सही। कालेज के अलावा पाँच घंटे पढ़ाती हूँ। डाक्टर साहब बड़े आदमी हैं। लड़कियों की पढ़ाई के लिये साठ देते हैं। मेरी हालत भी जानते हैं। तअल्लुक़दार रघुनाथसिंह की नई पत्नी को पढ़ाती हूँ, चालिस वहाँ मिलते हैं। इसी में घर का कुल खर्च है। इतने के बाद अपने पढ़ने के लिये भी समय निकालना पड़ता है। दिक्क़त तुम लोग समझ सकती हो। ऐसी हालत में समय और पैसों की मुझे कितनी तंगदस्ती हो सकती है।"

"अच्छा महाशयाजी, चलिए।" जोत बोली—"आपके लिये फ़्री पास का प्रबन्ध हो जायगा।"

"तुम तो आज म्यान से निकली तलवार-सी चमक रही हो जोत! क्या ख़ुशी है?" लीला ने धीर स्नेह-कंठ से पूछा।

"महाशयाजी, जो किसी के हलक़ से नीचे उतरकर सर चढ़ी हो, वह शराब है यह अब।" मुस्कराकर सुभा ने कहा।

"नहीं," कमला बोली—"अभी तो—देख लो न इनकी तरफ़—होठों प' हँसी, अबरू पर खम, इसलिये इक़रार भी है, इनकार भी है।"

"बात क्या है?" अनजान की तरह देखते हुए लीला ने पूछा।

"पूरा रहस्यवाद उर्फ़ छायावाद!" निर्मला ने कहा—"वाद-विवाद में देर हो रही है। प्रकाशवाद यह है कि इनके पास मिस्टर श्यामलाल आई० सी० एस्० का पत्र आया है कि आप अगर मंजूर करें, आप को अपना सर्वस्व—तीन हज़ार मासिक—प्रेम की पर्मानेंट शिक्षा के लिये देकर मिस्ट्रेस बनाने की प्रार्थना करता हूँ। अब तो आया समझ में?"

"तो क्या तुम्हारे पिताजी राज़ी हो गए?" लीला ने जोत से पूछा।

"ख़ूब कही!" जोत बोली—"जहाँ आइ० सी० एस्० वर मिलता हो, वहाँ पिताजी ख़ुद ब्याह करने को तैयार हो जायँ।"

कमरा खिलखिलाहट से गूँज उठा।

"तुम लोग भई जाओ, माफ़ करो, मुझे समय नहीं है।"

"नहीं महाशयाजी, आप तो फ़र्स्ट क्लास लें, और हम लोग वहीं पैर रगड़ते रहें, ऐसा नहीं होने को। आपको चलना होगा, कपड़े बदलिए।"

जोत लीला को प्यार करती है, सम्मान भी देती है। लीला भी जानती है, जोत की खुली ज़बान में हृदय की क़ीमती बहुत-सी चीज़ें खुली रहती हैं। इसलिए उसका प्रस्ताव मंजूर कर, कपड़े बदलकर साथ चल दी।

(३)

तीन बजे से पहले ही लीला का क्लास खत्म हो जाता है। वहाँ से वह तअल्लुक़दार साहब की पत्नी को पढ़ाने के लिये भैंसाकुंड जाया करती है। रोज बहुत चलना पड़ता है। किसी तरह साइकिल ख़रीद सकती है। पर सीखने की लाज कि मैदान में मर्दों के सामने बेहयाई होगी, कौन पकड़कर चलाएगा, गिरूँगी तो लोग हँसेंगे आदि-आदि—बाधक होती है। इसलिये चलने की काफ़ी मेहनत गवारा करती है।

भैंसाकुंड से साढ़े पाँच-छः के क़रीब लौटती हुई कई रोज़ से देखती है—दो मुसलमान उसका पीछा करते हैं। वे आपस में न-जाने क्या बातचीत करते हैं। कभी-कभी पास आ जाते हैं। हृदय धड़कने लगता है। पर वह जल्द-जल्द चली आती है। ज्यों-ज्यों तेज चलती है, वे भी त्यों-त्यों तेज पीछा करते हैं। किससे कहे? भैंसाकुंड का बहुत-सा रास्ता बँगलों तथा बग़ीचों के कारण सुनसान निर्जन रहता है। धड़कते कलेजे से साधारण बस्ती के पास आकर साँस लेती है।

मन-ही-मन अपनी असमर्थता पर लीला को बड़ा क्षोभ हुआ। दुर्बलों को सब सताते हैं। पर आप ही शांत हो जाना पड़ा, क्योंकि अपनी हद में वही अपना उपाय सोचनेवाली थी। माता से नहीं कहा कि कहीं वह रोक न दें; खर्च के लिये फिर क्या होगा?

एक दिन लौटते हुए उन्हीं में से एक को अश्लील बकते हुए सुना—

जैसे सुनाकर बातें कही जा रही हों। वह तेज़ क़दम चलने लगी। वे भी उसी हिसाब से बढ़ते गए--तीन-ही-चार हाथ का फ़ासला था। ऐसे समय उनके साहस की ऐसी बात उसने सुनी, जो उसकी मर्यादा के प्रतिकूल थी। भय से एक प्रकार दौड़ने लगा। सामने एक हैट-कोट पहने देशी साहब आते हुए देख पड़े। लीला उनकी तरफ़ कुछ तेज़ बढ़ी। उन्हें देखकर बदमाश लौट गये। लीला उनके पास पहुँचकर हाँफती हुई बोली—"आज कई रोज़ से दो बदमाश मेरा पीछा करते हैं। मैं तअल्लुक़दार रघुनाथसिंह की पत्नी को पढ़ाने जाती हूँ। लौटते समय राह पर मिल जाते हैं। मुझे ऐसी-ऐसी बातें आज कहीं—" कह-कर अपने को सँभालने लगी।

बिजली की रोशनी में बड़ी-बड़ी आँखों से आँसू गिरते हुए देखकर साहब क्रोध से रास्ते की ओर देखने लगे। बोले—"वे लोग मुझे देख-कर भाग गये शायद। यह सामने मेरा ही बँगला है। आइए, आपको मोटर पर भेज दूँ।" "पर, फिर ?—" साहब सोचते हुए चले, पीछे-पीछे लीला।

अहाते के भीतर बग़ीचे के पास साहब खड़े हो गए। बँगले के सामने की बिजली से लीला का दुबला सुन्दर कुछ लम्बा गोरा मुख, बड़ी-बड़ी आँखें दीख रही हैं। साहब ने दुख के करुण चित्र का सौंदर्य देखकर पूछा—"आपका शुभ नाम ?"

"मुझे लीला कहते हैं।" निगाह झुकाती हुई लीला बोली।

"आप ही को अपनी सँभाल करनी पड़ती है; और—आप शादी-शुदा तो हैं ?"

"जी नहीं, मैं आइसाबेला थाबर्न कालेज की छात्रा हूँ।"

"किस क्लास में आप हैं ?"

"एम्० ए० में।" धीमे स्वर से कहकर समझ की लाजभरी पलकें झुका लीं।

कुछ आग्रह से साहब ने पूछा—"आप ब्राह्मण हैं ?"

"जी नहीं, कायस्थ हूँ।"

"यहाँ कहाँ रहती हैं?"

"माडेल हौसेज़ में।"

साहब कुछ चौंके। पूछा—"आपके वहाँ कोई ज्योतिर्मयी रहती हैं? आपके कालेज की बी० ए० पहले साल की छात्रा हैं।"

लीला भी चौंकी। कुछ हिम्मत हुई। लजाकर पूछा—"जनाब का नाम?"

"मुझे श्यामलाल कहते हैं।—अरे ए, कार तो ले आने को कह दे।"

लीला का संकोच बहुत कुछ दूर हो गया। बोली—"हाँ, आपका जिक्र मैंने सुना है।"

साहब की उत्सुकता बढ़ गई। बड़ी उतावली से "कहाँ सुना?" पूछा।

लीला मुस्कराई। कहा—"जोत की सखियों से. उसकी एक चिट्ठी चुरा गई थी।"

साहब उतरे स्वरों में बोले—"उनका कोई जवाब अभी नहीं मिला। उनके पिताजी मेरे वलायत रहते समय मेरे पिताजी से मिले थे। मेरे पास उनका चित्र गया था। वलायत से लौटकर एक पत्र मैंने. लिखा था अभी मैंने उन्हें देखा नहीं। तारीफ़ सुनी है।" कहकर साहब कुछ चिंता करने लगे।

मोटर आ गई।

मुस्कराकर लीला ने वादा किया कि वह जोत से पत्र लिखने के लिये कहेगी। साहब आँखें झुकाए चुपचाप खड़े रहे। कुछ देर बाद बोले—"नहीं, आप ऐसा कुछ मत कहें।" फिर मोटर पर चढ़ने के लिए लीला को आमंत्रित किया।

नमस्कार कर लीला बैठ गई। मोटर चल दी।

(४)

तीसरे दिन बाबू श्यामलाल को जोत का उत्तर मिला। लिखा था—

जनाब,

मैंने आपको जवाब इसलिए नहीं दिया कि जवाब देना सभ्यता के खिलाफ़ है। आज लीला दीदी से आपके मिलने की सांगोपांग बातें मालूम हुईं। जिस मजनू की जो लैला होती है, वह इसी तरह उसे आप मिलती है। अपनी लैला की आप हमेशा रक्षा करें, आपसे सविनय मेरी प्रार्थना है। तब मेरा-आपका रिश्ता और मधुर हो जायगा, क्योंकि बहन जिसे ब्याहती है, वह अगर पत्नी की बहन को साली कह सकते हैं, तो पत्नी की बहन भी उन्हें वही पुरुष-संबोधन कर सकती है। आशा है, मेरा-आपका यह सम्बन्ध स्थायी होगा।

आपकी

जोत

३

न्याय

(१)

अभी ऊषा की रेशमी लाल साड़ी प्रत्यक्ष हो रही है—भास्वर-मुख अपर प्रान्त की ओर है, केवल केशों की सघन व्योम-नीलिमा इधर से स्पष्ट। मुख का मृदु-स्पर्श प्रकाश, लघुतम तूलि जैसे, पर दिगंत-शोभा से उतरकर तंद्रा से अलस जीवों को जगा रहा है। खिली अमलतास की हेमांगी शाखाएँ तरुणी बालिकाओं-सी स्वागत के लिये सजकर खड़ी हैं। पवन पुनः पुनः ऊषा का दर्शन-शुभ मधुर संदेश दे रहा है। निबिड़ नीड़ाश्रय से विहग प्रभाती गा रहे हैं।

इस सुख के समय गोमती-तट से क्षिप्र-गति दो-एक भ्रमणशील शिक्षित युवक शंकाकुल लौटते हुए देख पड़ते हैं, जैसे शीघ्र घर लौटकर भ्रमण के लिये जाने का सत्य भी छिपाना चाहते हों। भय और उद्वेग का अशुभ कारण कोई किसी से नहीं कह रहा।

उसी रास्ते के दूसरी ओर वकील लाला महेश्वरीप्रसाद रहते हैं। रोज सुबह उसी रास्ते घड़ी और छड़ी लेकर टहलने जाते हैं। उधर चले, तो लौटनेवाले एक अजाने आदमी को देखकर मन में चौंके। उससे घबराकर चलने का कारण डरते-डरते पूछा। उत्तर में, सँभलकर उसने कहा—"आपको भ्रम हो रहा है, मैं घबराने क्यों लगा?"—फिर अपना रास्ता नापा। वकील महेश्वरीप्रसाद आगे बढ़े। गोमती के किनारे कुछ दूर जाने पर एक बड़ी करुण आवाज आई—"भैया! मुझे निकाल लो, तीन आदमी सुन-सुनकर चले गए, दया करो, मैं आप नहीं निकल सकता, जख्मी हूँ, रात को मारकर डाल दिया है बदमाशों ने।

वकील साहब के कलेजे में हूक-सी लगी। उल्टे पैर भगे। उनका बँगला पास ही था। रास्ता छोड़कर खेतों से दौड़े। एक दूसरे बँगले से एक युवक उनकी चाल देखकर हँस रहा था। हाथ के इशारे से वकील साहब ने उसे पास बुलाया। युवक चला गया। घबराये हुए गोमती की तरफ़ उँगली उठाकर वकील साहब ने कहा—"वहाँ जाओ, देखो।" कहकर बँगले की तरफ़ बढ़े। युवक गोमती की तरफ़ गया।

घायल की दशा देखकर युवक को दया आ गई। उसके सीने में दोनों तरफ़ से छुरा भोंका गया था। गोमती के प्रवाह से देह का तमाम ख़ून बह गया था। पर वह साधारण मनुष्य से ज्यादा सचेत था, आवाज ज़्यादा साफ़। वीर कर्त्तव्य की ओर देखता है, काल्पनिक भविष्य-विपत्ति की ओर नहीं। उस घायल की रक्षा के लिये उसके विशाल हृदय में सहानुभूति पैदा हुई, व्यायाम से कसी बाहें अपनी ही शक्ति से वासस्थल तक ले जाने को फड़कने लगीं। आँखों

ने अपने भाई को देखा।

एक हाथ जाँघों से, एक गर्दन से निकालकर अनायास युवक उसे अपने डेरे को ले चला। जल से निकलकर ही घावों की पीड़ा से घायल चीत्कार करने लगा। नजदीक ही युवक का डेरा था। अपने बिस्तरे पर ले जाकर लेटा दिया। कपड़े की रगड़ से पीड़ा बढ़ रही थी; घायल ने उतार देने के लिये कहा; सँभालकर युवक ने एक-एक कपड़े उतार दिये।

फिर काग़ज़ लेकर उसके ब्यान लिखने लगा। घायल को बेहोशी आ रही थी, कहते-कहते भूल जाता था। कुछ असंबद्ध उक्तियाँ युवक ने लिख लीं। घायल मूर्च्छित हो गया।

(२)

युवक व्यग्रता से निश्चय न कर सका कि क्या करें, पहले थाने में रिपोर्ट लिखवायें या अस्पताल ले जायँ। घायल की प्रति-मुहूर्त बढ़ती हुई बुरी हालत एक बार उसे थाने की ओर ढकेलती, फिर अस्पताल की ओर। अंत में अस्पताल ले जाने का ही निश्चय किया। पास एक रईस रहते थे। उनके यहाँ जाकर उसने कुल क़िस्सा ब्यान किया, और उनकी मोटर माँगी। उन्होंने घड़ी देखकर कहा—"सिर्फ़ छ मिनट समय रह गया है, हमें डिप्टी-कमिश्नर साहब से मिलने के लिये जाना है।" कहकर निगाह फेर ली। एक बार उनकी तरफ़ देखकर युवक अपने कमरे में चला आया। उस बँगले में ३-४ भले आदमी किराये पर रहते थे। जब घायल को लेकर युवक आया था, तब थे; घायल के मौन होते ही सब लोग उसकी साँसों से जाग्रत् बँगले के शरीर से स्वप्न की तरह अदृश्य हो गए। घबराया हुआ युवक रास्ते पर आकर खड़ा हुआ। एक खाली ताँगा सवारी छोड़कर कार्लटन होटल से निकला। कुछ हाल न कहकर युवक ने ताँगा बुला लिया। बँगले जाकर ताँगावाला जख्मी को देखते ही बिगड़कर बोला—"आप हमें फँसाना चाहते हैं? यह रास्ते भर को भी तो न होगा!" कहकर उसने अपना ताँगा बढ़ाया।

युवक को काठ मार गया। कुछ देर खड़ा कवियों के स्वर्गतुल्य, अप्सराओं के नूपुरों से मुखर, इस मनोहर संसार को भावना की अचपल दृष्टि से देखता रहा, फिर घायल के पास गया। देखा, सब खेल खत्म हो चुका है। साँस देखी, नाड़ी देखी, कहीं से भी उसके अस्तित्व का प्रमाण नहीं मिल रहा है। सूख गया। सिर्फ उसका नौकर मालिक की आज्ञा-पूर्ति के लिये मुस्तैद उसकी तरफ़ देख रहा था। हताश होकर युवक कुर्सी पर बैठ गया। एक चिट्ठी लिखकर नौकर से 'वसंतावास' दे आने के लिये कहा। नौकर चिट्ठी लेकर गया, युवक थाने की ओर चला।

(३)

रिपोर्ट अधूरी और ऐसी थी कि साथ-साथ दारोगाजी की तहक़ीक़ात की जरूरत हुई। वह युवक के साथ हो लिए। बँगले पहुँचकर देखा, एक लाश पलंग पर पड़ी है; सीने में दोनों तरफ़ से छुरे की तरह कोई अस्त्र भोंका गया है।

पूरी मुस्तैदी से गोमती-तट, मृतक के लेटने की विधि आदि की परीक्षा कर, निर्णय, निश्चिंत होकर दारोगाजी कुर्सी पर बैठ गये, और गंभीर प्रभावोत्पादक स्वर से पुनः पूछने और ब्यान लिखने लगे।

"आपने इसे कहाँ देखा है?"

"एक बार कह चुका हूँ।"

"आप वहाँ कैसे गए?"

"मुझसे वकील बाबू महेश्वरीप्रसाद ने कहा वह उस तरफ़वाले बँगले में रहते हैं।"

थानेदार साहब ने बाबू महेश्वरीप्रसादको कारण बताकर ले आने के लिये एक कान्स्टेबिल को भेज दिया।

'फिर आपने क्या किया?"

"मैं इसे उठा लाया, यह निकाल लेने के लिये मुझे देखते ही पुकारकर कहने लगा था।"

"आप कैसे ले आए?"

"बाहों पर उठाकर।"

दारोग़ाजी ने एक बार युवक के पुष्ट शरीर की ओर देखा।

"फिर आपने क्या किया?"

"इसके कहने पर कपड़े उतारे, फिर पूछ-पूछ कर ब्यान लिखने लगा।"

"दिखलाइए वह काग़ज़।"

युवक ने काग़ज़ दे दिया। पढ़कर थानेदार साहब जामे से बाहर हो गये। डाँटकर कहा—"यह कोई ब्यान है? नाम है किरिश्नाचरन (कृष्णाचरण), बस, बाप का नाम?"

"क़ौम?"

"क़ौम के लिये मैं पूछ रहा था, पर वह बोल नहीं सका।"

पूरे संदेह की दृष्टि से थानेदार साहब ने युवक को देखा। व्यंग्य करते हुए बोले—"आप जब गये थे, तब पानी में डूबा हुआ यह साफ़ आवाज़ निकाल रहा था, पर आपके यहाँ आते ही इसकी ज़बान में ताला पड़ गया।"

युवक ने भी व्यंग्य किया—"जी हाँ, जब यहाँ मरा रक्खा है, तो वहाँ भी क्यों न मरा रक्खा होगा?"

क्रूर दृष्टि से थानेदार साहब ने युवक को घूरा। कहा—"और 'चौक से आ'—इसके क्या मानी?"

"यह मैं क्या बताऊँ? मैंने पूछा था, वह सवाल ऊपर लिखा हुआ है कि तुम कैसे मारे गए, तो 'चौक से आ' कहकर चुप हो गया।"

"फिर 'किसने मारा?'—'मह'। 'मह' ने मारा? 'मह' क्या बला है?"

युवक थानेदार साहब की स्वगतोक्ति सुनकर मन-ही-मन भारतवर्ष की पुलिस के साथ वलायत की पुलिस को मिला रहा था, इसी समय सिपाही बाबू महेश्वरीप्रसाद के यहाँ से संवाद लेकर लौटा, दारोग़ाजी से कहा—"बाबू महेश्वरीप्रसाद बँगले में नहीं, उनके नौकर ने कहा है, कल अदालत से लौटकर शामवाली गाड़ी से वकील

साहब घर गये हैं।"

थानेदार साहब की शंका बढ़ गई। पर रह-रहकर सोच रहे थे—"इसने वकील साहब का नाम क्यों लिया?" समाधान करते थे—"मुमकिन, किसी दुश्मन पर होनेवाली वारदात के लिये वकील ने पहले से कह रक्खा हो कि हम ऐसा कह देंगे, तो तुम छूट जाओगे।" निश्चय किया—"यह जैसा तगड़ा है, यह अकेला भी इसे मार सकता है।"

मन में विश्वास भर गया, इसलिये स्वर भी शंका के बाद निश्चय में बदल गया। मृतक के कपड़ों की जाँच करते हुए दारोग़ाजी को जेब में जनेऊ मिला। निश्चय पर जोर पड़ा—यह जनेऊ छिपाया गया है। पूछा—"यह जनेऊ किसने निकाला?"

"मुझे नहीं मालूम।"

दारोग़ाजी ने गम्भीर होकर पूछा—"तो फिर आपको क्या मालूम है?"

युवक क्रोध से चुप हो गया। दारोग़ाजी ने पूछा—"आपने फिर क्या किया?"

युवक ने सोचा—"अब मोटरवाली बात कहता हूँ, तो संभव है, मोटर-मालिक वकील साहब की तरह उस समय मौजूद न रहें।" फिर कहा—"फिर अस्पताल ले जाने के लिये रास्ते से एक ताँगा ले आया, पर ताँगेवाले ने ले जाना मंजूर न किया।"

"वह कितने नंबर का ताँगा था?" जमकर दारोग़ाजी ने पूछा।

"मुझे मालूम तो था नहीं कि आप नंबर पूछेंगे।"

दारोग़ाजी ग़ौर करने लगे। युवक दोषी है, ऐसा प्रमाण तो न था, पर निर्दोष है, ऐसा भी प्रमाण न था, बल्कि एक झूठ साबित हो चुकी है। ऐसी हालत में संदेह को ही श्रेय देना उचित है। हत्या का एक विश्वसनीय कारण पुलिस को दिखाना पडता है, यदि प्रमाण अप्राप्त रह गया।

थाने में रिपोर्ट लिखाने के समय युवक नाम-धाम आदि लिखा चुका था, पर इस समय दारोग़ाजी ने फिर उससे कुछ ऐसे प्रश्न किए। वह कौन है, इस प्रश्न का बहुत ही संक्षिप्त उत्तर सभ्यता के विचार से ह्रस्व स्वरों में उसने दिया। अतः उसकी स्थिति का भी कोई प्रभाव थानेदार साहब पर न पड़ा। फिर पढ़े लिखे युवकों द्वारा हुई हत्या के कारण हैं भी—कुछ ऐसा इसमें भी रहस्य संभव है।

सोच-विचारकर दारोग़ाजी पंचनामे की कार्रवाई पूरी करने लगे! इस सम्बन्ध से अपने को बिल्कुल अनभिज्ञ बतलानेवाले कुछ पंच भी मिले। इसी समय सिपाहियों की ओर थानेदार साहब ने एक इशारा किया। सिपाही युवक को चारों ओर से घेरे हुये खड़े थे। इशारा पाकर बाँध लिया। पंच डरे हुये, काम के बहाने, चलने को हुए। लाश की हालत और युवक के कमरे की चीजें लिखकर पंचों के दस्तख़त करा ताला लगा दिया गया।

युवक ने शून्य दृष्टि से एक बार थानेदार साहब को, फिर आकाश की ओर देखा।

हत्या का करण और कारण साथ लेकर थानेदार साहब थाने के लिये रवाना हुए।

(४)

थाने पहुँचे ही थे कि ताँगे से उतर कर इक्कीस-बाईस साल की एक सुन्दरी दारोग़ाजी की कुर्सी की ओर बढ़ती नज़र आई। केश-वेश अत्यन्त आधुनिक। चाल-ढाल संकोच से सोलहो आने रहित। दारोग़ाजी को रास्ते छोड़कर थाने में ऐसा चमत्कार नहीं देख पड़ा। युवती सीधे दारोग़ाजी के सामने जा, उन्हीं से पूछने लगी—"मुझे थाने के इन्चार्ज दारोग़ाजी से सख़्त ज़रूरत है, क्या आप बतला सकेंगे—वह कहाँ मिल सकते हैं?"

"हाँ, फ़र्माइये।"

"अच्छा, आप हैं, पोशीदा बातचीत है।" युवती मुस्कराई।

थानेदार साहब ने एकांत कर लिया।

साग्रह देखते हुए दारोग़ाजी से युवती ने कहा—"आपने राजीव को गिरफ़्तार किया है, पर वह बेक़ुसूर है।"

"कोई सुबूत तो नहीं।"

"मैं गोमती-किनारे से टहलती हुई आ रही थी, वकील महेश्वरी-प्रसाद राजीव को उधर जाकर देखने के लिये कह रहे थे, और ख़ुद डरे हुए कमरे की तरफ़ जा रहे थे।"

कुछ सोचकर दारोग़ाजी ने कहा—"वह कल शाम को घर चले गये हैं, उनके नौकर से मालूम हुआ।"

"अच्छा, सुनिए, मैं बहुत ज़्यादा कुछ नहीं कहना चाहती। मेरे पास तीस गवाह हैं, लेडीज़ और जेंटल्मेन, अदालत में आपको मालूम हो जायगा, साढ़े नौ बजे रात को कल मैं अपनी तीन सखियों और दो मित्रों के साथ छतरमंज़िल की तरफ़ से आ रही थी, एक आदमी हम लोगों को देख कर भगा, हमें शक हुआ, हमारे साथ के मित्रों ने दौड़कर उसे पकड़ा उसकी कमर में सात सौ रुपये थे, कुर्ता नहीं पहने था, अब मालूम होता है—ख़ून के धब्बों की वजह कुर्ता कहीं फेंक दिया था। वही ख़ूनी रहा होगा, मेरे मित्र बदमाश समझकर यहाँ ले आए, आपका नाम लेकर कहते थे कि दारोग़ाजी ने देखकर उसे पहचान लिया—वह चौक का भागा हुआ बदमाश महताबअली था। जान पड़ता है, आपने उसे छोड़ दिया; अच्छा, देखा जायगा।" कहकर लापरवाही से युवती उठी।

दारोग़ाजी सूख गए। घबराकर बोले—"यह सरासर झूठ है।"

चलती हुई युवती बोली—"आपके इस मुक़द्दमे की तरह अदालत में यह भी सच साबित हो सकता है। मगर हाँ, तब आपके सुबूत से यह ज़्यादा सही साबित होगा।" एड़ी के बल ज़रा लौटकर युवती बोली—"और बहुत-सी बातें हैं, आपने जिसे गिरफ़्तार किया है, आप जानते नहीं, वह कितनी बड़ी इज़्ज़त का आदमी है।"

युवती फिर बढ़ी, तो दारोगाजी ने बड़े विनय-पूर्ण शब्दों से बुलाया। युवती लौट पड़ी। पास आने पर पूछा—"ये आपके कोई होते हैं?"

"मेरे कोई होते, तो मेरे यहाँ आने की जरूरत क्या थी?"

इस अद्भुत स्त्री की ओर देखकर दारोगाजी ने क़ैदी को छोड़ देने के लिये कहा।

ताँगे पर बैठकर प्रतिमा ने राजीव से कहा—"पूरा प्लाट तुम्हारी चिट्ठी पर तैयार किया। तुमने लिखा भी खूब था। सिर्फ़ महताब के लिये रिसर्च करते कुछ देर लगी थी, यानी जितनी देर इस ताँगेवाले से बातचीत करने में लगेगी। यह रिसर्च सच हो सकता है।"

(५)

थानेदार साहब ने लिखा—"जान पड़ता है, यह कोई क्रांतिकारी था, बम लिए जा रहा था, एकाएक बम के धड़ाके से काम आ गया है।"

डाक्टर की परीक्षा में जख्मों के भीतर से सीसे के कुछ नुकीले टुकड़े भी मिले।

४

राजा साहब को ठेंगा दिखाया

१

लोग कहते हैं, ऐसा लिखा जाय कि एक मतलब हो, उसी वक़्त समझ में आ जाय, अपढ़ लोग भी समझें। बात बहुत सीधी है। मुझे एक उदाहरण याद आया। लिखता हूँ। यह लिखा हुआ, उद्धृत नहीं, देखा हुआ है। तब तक आप लोग ठेंगा दिखाने का मुहावरा याद रक्खें।

बंगाल और उड़ीसा को जोड़नेवाली एक नहर है। रूपनारायण

(नद) से काटकर कटक तक निकाली गई है। यह केवल आबपाशी के लिये नहीं, इससे व्यवसाय भी होता है, बड़ी-बड़ी नावें चलती हैं।

इसके किनारे पद्ममदल राजधानी है। राजा साहब के छोटे-छोटे स्टीमर, बोट, लांच, बजरे, किश्ती, डोंगी आदि राजधानी के पास चौड़ी की हुई नहर के एक तरफ़ बँधी रहती हैं।

जेठ का महीना, सूरज डूब रहे हैं। जोरों से बहती हुई मलय-वायु में षोड़शी का स्पर्श मिलता है। यह अकेली दक्षिणी हवा बंगाल की आधी कविता है। प्रसाद-शिखरों से सुनहली किरणें लिपटी हैं, उन्हीं के प्रेम की साँस जैसे दक्षिणी हवा में बह रही है। बड़े-बड़े तालाबों में श्वेत और रक्त कमल, खुले हुए अनुभव-जैसे, लोट रहे हैं। स्वच्छ, क़ीमती, चौड़ी किनारीवाली, बारीक, ठोस-बुनी, बँगला-ढंग से कोंछीदार शांति-पुरी धोती, रेशमी शर्ट और सुनहरे स्लीपर पहने चश्मा लगाए राजा साहब नाव की सैर के लिये चले। रास्ते में तीन ड्योढ़ियाँ पड़ती हैं, हौदा-कसे हाथियों के निकलते आधी और ऊँची; रास्ते के दोनों तरफ़ बड़े-बड़े तालाब; साफ़-सुथरे दूब जमाए पार्क; दोनों बग़ल बटम-पाम की कतारें; दूर के देशी बग़ीचों से बेला, जूही और कमलों की खुशबू आती हुई। पहली ड्योढ़ी में बैठे हुए राजा साहब के मुसाहब उनके आने पर क़तार बाँधकर भक्ति-पूर्वक प्रणाम करके उद्दंड प्रसन्नता से साथ हो गए। अर्दली, सिपाही, खानसामे प्रासाद से साथ आए थे। पहली, दूसरी और तीसरी ड्योढ़ी के सिपाही क्रमशः किर्च निकाल-निकालकर, राजा साहब को बाएँ रखकर दाहिने हाथ से सलामी देते गए। तीसरी ड्योढ़ी प्रासाद के अहाते को घेरनेवाली जलाशया चौड़ी खाई के किनारे है—खाई के ऊपर से पुल है।

राजा साहब बाहर निकलकर नहर-घाट की तरफ़ चले। स्टीमर, लांच, मोटर-बोट और देशी किश्तीवाले मुसलमान नौकर कप्तान और माझियों ने भी उसी प्रकार क़तार बाँधकर सलाम किया। राजा साहब खुली छतवाली एक अंगेरेजी कट की देशी किश्ती पर पतवार

पकड़कर बैठ गए। पीछे-पीछे मनोरंजन के लिये पले पहलवान-जैसे मुसाहब आकर एक-एक तख्ते पर डाँड सँभालकर बैठे। माझी खड़े रहे। सिपाही और अर्दली नहर के किनारे-किनारे बोट के साथ दौड़ लगाकर रहने के लिये लाँग समेटने लगे। किश्ती चली, किनारे-किनारे सिपाही दौड़े।

डेढ़ मील के फ़ासले पर शक्तिपुर नाम का एक बाग़ी गाँव है। वहाँ विश्वंभर भट्टाचार्य नाम का एक ब्राह्मण रहता है। राजा साहब कई रोज़ से किश्ती पर हवाखोरी करते हैं, देखकर, सोच-विचार-कर, लाँग चढ़ाकर, अपने गाँव के पास नहर के बाँध पर खड़ा विश्वंभर राजा साहब की प्रतीक्षा कर रहा है।

सिपाही लोग दौड़कर कुछ ही दूर तक साथ रहते हैं, आठ-आठ, दस-दस पट्ठों की डाँड़मारी किश्ती तीर-सी चलती है, तीन-चार फ़र्लांग के बाद सिपाहियों का दम खुल जाता है, किश्ती आगे निकल जाती, वे पीछे-पीछे लट्ठ लिए दुलकी दौड़ते आते हैं।

जब शक्तिपुर के पास किश्ती पहुँची, तब सिपाही तीन-चार फ़र्लांग पीछे थे। विश्वम्भर राजा साहब की ताक में खड़ा ही था; जब किश्ती आती हुई सौ गज़ के फ़ासले पर रह गई, तब उसने एक अद्भुत प्रकार की ध्वनि की, जिससे राजा साहब का ध्यान आकर्षित हो। राजा साहब को अपनी तरफ़ देखते हुए देखकर उसने हवा में उँगली से लिखकर राजा साहब की ओर कोंचा, फिर पेट खलाकर दोनों हाथों मरोड़ा, फिर दाहने हाथ से मुँह थपथपाया, फिर दोनों हाथों के ठेंगे हिलाकर राजा साहब को दिखाया।

राजा साहब देख रहे थे। डाँड धीमे कर देने को कहा। फिरकर देखा सिपाही दूर थे। किश्ती धीरे-धीरे चलती गई। विश्वंभर पीछे-पीछे दोनों हाथों पेट दिखाता, ठेंगे हिलाता दौड़ा। राजा साहब जब सिपाहियों को फिर कर देखते थे, तब पहले विश्वंभर ठेंगे हिलाता हुआ देख पड़ता था। बाँध पर और लोग भी आ-जा रहे थे। कुछ भले

आदमी हवाखोरी को निकले हुए मुस्करा रहे थे। किश्ती की चाल धीमी देखकर सिपाहियों ने जल्दी की। नज़दीक आ एक अजाने को बेअदबी करते देखकर राजा साहब को तरफ़ देखा। राजा साहब ने इशारे से सिर हिलाया। सिपाही विश्वंभर को पकड़कर प्रहार करने लगे। किश्ती लौट चली।

सिपाहियों ने आते हुए विश्वंभर को मुद्राएँ देखी थीं, जिनका अर्थ समझने में उन्हें देर नहीं हुई। उसे मारते हुए कहने लगे—"क्यों रे..., हमारे महाराज रियाया की जबान बंद करते हैं?—पेट से मारते हैं?—ठेंगा दिखाता है हमारे महाराज को कि कोई इतना भी नहीं समझता?"

विश्वंभर को पीटकर, दोनों गदोरी और उँगलियाँ कुचलकर सिपाही चले गये। खबर विश्वम्भर के घर पहुँची। उसकी पत्नी, सत्रह साल की विधवा बेटी और दो नौ और पाँच साल के छोटे लड़के, फटे कपड़े पहने, रोते हुए बाँध पर पहुँचे। गाँव के और लोग भी गए। विश्वंभर को सँभाल कर उठा लाए। खाट पर लिटा दिया। गर्म हल्दी चूना लगाने लगे। राजा साहब के जासूस छद्म-वेश से पता लगाते रहे।

गाँव के कुछ भलेमानस गर्म पड़े। पर कुछ कर न सके। राजा साहब का प्रताप बड़ा प्रबल है। उनके विरोध में कुछ करने की अपेक्षा विश्वंभर के समर्थन में कुछ करना अच्छा है, यह सोचकर उसी की सेवा करने लगे।

विश्वंभर बड़ा सीधा, सच्चा ब्राह्मण है। विशेष पढ़ा-लिखा नहीं। किसी तरह पूजा कर लेता है। शक्तिपुर से तीन कोस दूर रंगनगर में राज्य की विशालाक्षी देवी हैं। विश्वंभर इनका पूजक है। तीन रुपया महीना और रोज पूजा के लिये तीन पाव चावल और चार केले पाता है। घर में पाँच आदमी खानेवाले हैं। बड़े दुख के दिन होते हैं। इधर बीस महीने से उसे वेतन नहीं मिला। केवल तीन पाव चावल का सहारा रहा। कुछ और काम वह, उसकी पत्नी और बेटी, तीनों अलग-

अलग कर लेते थे। फिर भी पेट-भर को न होता था। विश्वंभर ने तनख्वाह के लिये इधर साल-भर में दो दर्जन से ज्यादा दरख्वास्तें दी थीं, पर सुनवाई नहीं हुई। इस बार प्राणों की भाषा में उसने अपने भाव प्रकट किये थे—हवा में लिखकर, कोंचकर बताया था, तुम्हें लिख चुका हूँ; पेट मलकर कहा था, भूखों मर रहा हूँ; मुँह थपथपाकर और ठेंगे हिलाकर बतलाया था, खाने को कुछ नहीं है। उतने प्रकाश में, इतनी स्पष्ट भाषा से समझाया था, पर राजा साहब ने अपमान समझा। सिपाहियों ने दूसरे अर्थ लगाये।

जासूसों ने राजा साहब को समझाया कि शक्तिपुर के बाग़ी विश्वंभर से मिले हैं, उन्हीं ने उसे बेवक़ूफ़ जानकर महाराज का उससे अपमान कराया। विश्वम्भर सरकार की नौकरी का ख्याल छोड़कर बाग़ियों से मिला है। जासूसों ने इस प्रकार अपनी रोटियों का प्रबन्ध किया।

कुछ दिनों बाद, घाव पुरने पर, स्टेट की तरफ़ से विश्वम्भर को आज्ञा-पत्र मिला—"अब तुम्हारी नौकरी की सरकार को आवश्यकता नहीं रही।"

५

देवी

(१)

बारह साल तक मकड़े की तरह शब्दों का जाल बुनता हुआ मैं मक्खियाँ मारता रहा। मुझे यह खयाल था कि मैं साहित्य की रक्षा के लिये चक्रव्यूह तैयार कर रहा हूँ, इससे उसका निवेश भी सुन्दर होगा

और उसकी शक्ति का संचालन भी ठीक-ठीक। पर लोगों को अपने फँस जाने का डर होता था इसलिये इसका फल उल्टा हुआ। जब मैं उन्हें साहित्य के स्वर्ग ले चलने की बातें कहता था, तब वे अपने मरने की बातें सोचते थे; यह भ्रम था। इसीलिये मेरी क़द्र नहीं हुई। मुझे बराबर पेट के लाले रहे। पर फ़ाक़ेमस्ती में भी मैं परियों के ख़्वाब देखता रहा—इस तरह अपनी तरफ़ से मैं जितना लोगों को ऊँचा उठाने की कोशिश करता गया, लोग उतना मुझे उतारने पर तुले रहे, और चूँकि मैं साहित्य को नरक से स्वर्ग बना रहा था, इसलिए मेरी दुनिया भी मुझसे दूर होती गई; अब मौत से-जैसे दूसरी दुनिया में जाकर मैं उसे लाश की तरह देखता होऊँ। "दूबर होत नहीं कबहूँ पकवान के विप्र, मसान के कूकर" की सार्थकता मैंने दूसरे मित्रों में देखी, जिनकी निगाह दूसरों की दुनिया की लाश पर थी। वे पहले फटीचर थे, पर अब अमीर बन गए हैं, दोमंज़िला मकान खड़ा कर लिया है; मोटर पर सैर करते हैं। मुझे देखते हैं, जैसे मेरा-उनका नौकर-मालिक का रिश्ता हो। नकी स्वरों में कहते हैं—'हाँ, अच्छा आदमी है; ज़रा सनकी है।' फिर बड़े गहरे पैठकर मित्र के साथ हँसते हैं। वे उतनी दूर बढ़ गए हैं, मैं जिस रास्ते पर था, उसी पर खड़ा हूँ। जिसके लिये मेरी इतनी बदनामी हुई, दुनिया से मेरा नाम उठ जाने को हुआ, जो कुछ था, चला गया, उस कविता को जीते-जी मुझे भी छोड़ देना चाहिए। जिसे लोग ख़ुराफ़ात समझते हैं, उसे न लिखना ही तो लोगों की समझ की सच्ची समझ होगी? रतिशास्त्र, वनिता-विनोद, काम-कल्याण में मश्क़ करते कौन देर लगती है? चार किताबों की रूह छानकर एक किताब लिख दूँगा। सीता', 'सावित्री', 'दमयंती' आदि की पावन कथाएँ आँखें मूँद-कर लिख सकता हूँ। तब बीबी के हाथ 'सीता' और 'सावित्री' आदि देकर बग़ल में 'चौरासी आसन' दबानेवाले दिल से नाराज़ न होंगे। उनकी इस भारतीय संस्कृति को बिगाड़ने की कोशिश करके ही बिगड़ा

हूँ। अब जरूर सँभलूँगा। राम, श्याम जो-जो थे पुजने-पुजानेवाले, सब बड़े आदमी थे। बग़ैर बड़प्पन के तारीफ़ कैसी? बिना राजा हुए राजर्षि होने की गुञ्जायश नहीं, न ब्राह्मण हुए बग़ैर ब्रह्मर्षि होने की है। वैश्यर्षि या शूद्रर्षि कोई था, इतिहास नहीं; शास्त्रों में भी प्रमाण नहीं; अर्थात् नहीं हो सकता। बात यह कि बड़प्पन चाहिये। बड़ा राज्य बड़ा ऐश्वर्य, बड़े पोथे, तोप, तलवार, गोले-बारूद, बंदूक-किर्च रेल-तार, जंगी जहाज-टारपेडो, माइन-सबमेरीन-गैस, पल्टन-पुलीस अट्टालिका-उपवन आदि-आदि सब बड़े-बड़े—इतने कि वहाँ तक आँख नहीं फैलती, इसलिये कि छोटे समझें, वे कितने छोटे हैं। चंद्र, सूर्य, वरुण, कुबेर, यम, जयंत, इन्द्र, ब्रह्मा, विष्णु, महेश तक बाक़ायदा बाहसाब ईश्वर के यहाँ भी छोटे से बड़े तक मेल मिला हुआ है।

होटल के बराम्दे में एक आराम-कुर्सी पर पैर फैलाकर लेटा हुआ इस तरह के विचारों से मैं अपनी क़िस्मत ठांक रहा था। चूँकि यह तैयारी के बाद का भाषण न था, इसलिये इसके भाव में बेभाव की बहुत पड़ी होंगी, आप लोग सँभाल लीजिएगा। बड़े होने के ख़्याल से ही मेरी नसें तन गईं, और नाम-मात्र के अद्भुत प्रभाव से मैं उठकर रीढ़ सीधी कर बैठ गया। सड़क की तरफ़ बड़े गर्व से देखा, जैसे कुछ कसर रहने पर भी बहुत कुछ बड़ा आदमी बन गया होऊँ। मेरी नज़र एक स्त्री पर पड़ी।

वह रास्ते के किनारे बैठी हुई थी, एक फटी धोती पहने हुए। बाल कटे हुए। तअज्जुब की निगाह से आने-जानेवालों को देख रही थी। तमाम चेहरे पर स्याही फिरी हुई। भीतर से एक बड़ी तेज़ भावना निकल रही थी, जिसमें साफ़ लिखा था—"यह क्या है?" उम्र पचीस साल से कम। दोनों स्तन खुले हुए। प्रकृति की मारों से लड़ती हुई, मुरझाकर, मुमकिन किसी को पचीस साल से कुछ ज्यादा जँचे। पास एक लड़का डेढ़ साल का खेलता हुआ। संसार की स्त्रियों की एक भी भावना नहीं। उसे देखते ही मेरे बड़प्पनवाले भाव उसी में

समा गए, और फिर वही छुटपन सवार हो गया। मैं उसी की चिंता करने लगा—"यह कौन है, हिंदू या मुसलमान? इसके एक बच्चा भी है। पर इन दोनों का भविष्य क्या होगा? बच्चे की शिक्षा, परवरिश क्या इसी तरह रास्ते पर होगी? यह क्या सोचती होगी ईश्वर, संसार, धर्म और मनुष्यता के संबंध में?"

इसी समय होटल के नौकर को मैंने बुलाया। उसका नाम है संगमलाल। मैं उसे संग-मलाल कहकर पुकारता था। आने पर मैंने उससे उस स्त्री की बाबत पूछा। संग-मलाल मुझे देखकर मुस्कराया, बोला—"वह तो पागल है, और गूँगी भी है बाबू। आप लोगों की थालियों से बची रोटियाँ दे दी जाती हैं।" कहकर हँसता हुआ बात को अनावश्यक जानकर अपने काम पर चला गया।

मेरी बड़प्पनवाली भावना को इस स्त्री के भाव ने पूरा-पूरा परास्त कर दिया। मैं बड़ा हो भी जाऊँ, मगर इस स्त्री के लिये कोई उम्मीद नहीं। इसकी क़िस्मत पलट नहीं सकती। ज्योतिष का सुख-दुःख-चक्र इसके जीवन में अचल हो गया है। सहते-सहते अब दुःख का अस्तित्व इसके पास न होगा। पेड़ की छाँह या किसी ख़ाली बराम्दे में दुपहर की लू में, ऐसे ही एकटक कभी-कभी आकाश को बैठी हुई देख लेती होगी। मुमकिन, इसके बच्चे की हँसी उस समय इसे ठंडक पहुँचाती हो। आज तक कितने वर्षा-शीत-ग्रीष्म इसने झेले हैं, पता नहीं। लोग नेपोलियन की वीरता की प्रशंसा करते हैं। पर यह कितनी बड़ी शक्ति है, कोई नहीं सोचता! सब इसे पगली कहते हैं, पर इसके इस परिवर्त्तन के क्या वही लोग कारण नहीं? किसे क्या देकर, किससे क्या लेकर लोग बनते-बिगड़ते हैं, यह सूक्ष्म बातें कौन समझा सकता है? यह पगली भी क्या अपने बच्चे की तरह रास्ते पर पली है? संभव है, पहले सिर्फ़ गूँगी रही हो, विवाह के बाद निकाल दी गई हो, या ख़ुद तकलीफ़ पाने पर निकल आई हो, और यह बच्चा रास्ते के किसी ख़्वाहिशमंद का सुबूत हो।

मैं देख रहा था, ऊपर के धुएँ के नीचे दीपक की शिखा की तरह पगली के भीतर की परी इस संसार को छोड़कर कहीं उड़ जाने की उड़ान भर रही थी। वह साँवली थी, दुनिया की आँखों को लुभानेवाला उसमें कुछ न था, दूसरे लोग उसकी रुखाई की ओर रुख न कर सकते थे, पर मेरी आँखों को उसमें वह रूप देख पड़ा, जिसे मैं कल्पना में लाकर साहित्य में लिखता हूँ। केवल वह रूप नहीं, भाव भी। इस मौन-महिमा, आकार-इंगितों की बड़े-बड़े कवियों ने कल्पना न की होगी। भाव-भाषण मैंने पढ़ा था, दर्शन-शास्त्रों में मानसिक सूक्ष्मता के विश्लेषण देखे थे, रंगमंच पर रवीन्द्रनाथ का किया अभिनय भी देखा था, खुद भी गद्य-पद्य में थोड़ा-बहुत लिखा था, चिड़ियों तथा जानवरों की बोली बोलकर उन्हें बुलानेवालों की भी करामात देखी थीं; पर वह सब कृत्रिम था, यहाँ सब प्राकृत। यहाँ माँ-बेटे के मनोभाव कितनी सूक्ष्म व्यंजना से संचरित होते थे, क्या लिखूँ! डेढ़-दो साल के कमज़ोर बच्चे को माँ मूक भाषा सिखा रही थी—आप जानते हैं, वह गूँगी थी। बच्चा माँ को कुछ कहकर न पुकारता था, केवल एक नज़र देखता था, जिसके भाव में वह माँ को क्या कहता था, आप समझिए; उसकी माँ समझती थी; तो क्या वह पागल और गूँगी थी?

(२)

पगली का ध्यान ही मेरा ज्ञान हो गया। उसे देखकर मुझे बार-बार महाशक्ति की याद आने लगी। महाशक्ति का प्रत्यक्ष रूप, संसार का इससे बढ़कर ज्ञान देनेवाला और कौन-सा होगा? राम, श्याम और संसार के बड़े-बड़े लोगों का स्वप्न सब इस प्रभात की किरणों में दूर हो गया। बड़ी-बड़ी सभ्यता, बड़े-बड़े शिक्षालय चूर्ण हो गए। मस्तिष्क को घेरकर केवल यही महाशक्ति अपनी महत्ता में स्थिर हो गई। उसके बच्चे में भारत का सच्चा रूप देखा, और उसमें—क्या कहूँ, क्या देखा।

देश में शुल्क लेकर शिक्षा देनेवाले बड़े-बड़े विश्वविद्यालय हैं। पर इस बच्चे को क्या होगा ? इसके भी माँ है। वह देश की सहानुभूति का कितना अंश पाती है—हमारी थाली की बची रोटियाँ, जो कल तक कुत्तों को दी जाती थीं। यही, यही हमारी सच्ची दशा का चित्र है। यह माँ अपने बच्चे को लेकर राह पर बैठी हुई धर्म, विज्ञान, राजनीति, समाज, जिस विषय को भी मनुष्य होकर मनुष्यों ने आज तक अपनाया है, उसी की, भिन्न-रुचिवाले पथिक को शिक्षा दे रही है—पर कुछ कहकर नहीं। कितने आदमी समझते हैं ? यही न समझता संसार है—बार-बार वह यही कहती है। उसकी आत्मा से यही ध्वनि निकलती है—संसार ने उसे जगह नहीं दी—उसे नहीं समझा; पर संसारियों की तरह वह भी है—उसके भी बच्चा है।

एक रोज मैंने देखा, नेता का जुलूस उसी रास्ते से जा रहा था। हजारों आदमी इकट्ठे थे। जय-जयकार से आकाश गूँज रहा था। मैं उसी बराम्दे पर खड़ा स्वागत देख रहा था। पगली भी उठकर खड़ी हो गई थी। बड़े आश्चर्य से लोगों को देख रही थी। रास्ते पर इतनी बड़ी भीड़ उसने नहीं देखी। मुँह फैलाकर, भौंहें सिकोड़कर आँखों की पूरी ताक़त से देख रही थी—समझना चाहती थी, वह क्या था। क्या समझी, आप समझते हैं ? भीड़ में उसका बच्चा कुचल गया और रो उठा। पगली बच्चे की गर्द झाड़कर चुमकारने लगी और फिर कैसी ज्वालामयी दृष्टि से जनता को देखा ! मैं यही समझता हूँ। नेता दस हजार की थैली लेकर ग़रीबों के उपकार के लिये चले गये—जरूरी-जरूरी कामों में खर्च करेंगे।

एक दिन पगली के पास एक रामायणी समाज में कथा हो रही थी। मैंने देखा, बहुत-से भक्त एकत्र थे। एतवार का दिन। दो बजे से साहित्य-सम्राट् गो० तुलसीदासजी की रामायण का पाठ शुरू हुआ, पाँच बजे समाप्त। उसमें हिन्दुओं के मँजे स्वभाव को साहित्य-सम्राट गो० तुलसीदासजी ने और माँज दिया है, आप लोग जानते हैं। पाठ

सुनकर, मँजकर भक्त-मण्डली चली। दुबली-पतली ऐश्वर्य-श्री से रहित पगली बच्चे के साथ बैठी हुई मिली। एक ने कहा, इसी संसार में स्वर्ग और नरक देख लो। दूसरे ने कहा, कर्म के दण्ड हैं। तीसरा बोला, सकल पदारथ हैं जग माहीं ; कर्म-हीन नर पावत नाहीं। सब लोग पगली को देखते, शास्त्रार्थ करते चले गये।

संगमलाल ने मुझसे कहा, बाबू, यह मुसलमान है। मैंने उससे पूछा, तुम्हें कैसे मालूम हुआ। उसने बतलाया, लोग ऐसा ही कहते हैं कि पहले यह हिंदू थी, फिर मुसलमान हो गई, इसका बच्चा मुसलमान से पैदा हुआ है; पहले यह पागल नहीं थी, न गूँगी; बाद को हो गई। मैंने मन लिया। संगम ने किस ख्याल से कहा, मैं सोच रहा था। उन दिनों कई आदमियों से बातें करते हुए मैंने पगली का जिक्र किया; साहित्य, राजनीति आदि कई विषयों के आदर्श पर बहस थी; कुछ हँसकर चले गए, कुछ गंभीर होकर और कुछ-कुछ पैसे उसे देने के लिये देकर।

मैंने हिंदू, मुसलमान, बड़े-बड़े पदाधिकारी, राजा, रईस, सबको उस रास्ते से जाते समय पगली को देखते हुए देखा। पर किसी ने दिल से भी उसकी तरफ़ देखा, ऐसा नहीं देखा। जिन्हें अपने को देखने-दिखाने की आदत पड़ गई है, उनकी दृष्टि में दूसरे की सिर्फ तस्वीर आती है, भाव नहीं, यह दर्शन मुझे मालूम था। जिन्दा को मुर्दा और मुर्दा को जिन्दा समझना भ्रम भी है और ज्ञान भी; बाड़ियों में आदमी का पुतला देखकर हिरन और स्यार जिन्दा आदमी समझते हैं; उसी तरह ज्ञान होने पर गिलहरियाँ बदन पर चढ़ती हैं—आदमी उन्हें पत्थर जान पड़ता है। ऊपरवाले आदमी पगली को देखते हुए किस कोटि में जाते थे, भगवान् जानें।

एक दिन शहर में पल्टन का प्रदर्शन हो रहा था। पगली फ़ुटपाथ पर बैठी थी। मैं उसी बरांदे पर नंगे-बदन खड़ा सिपाहियों को देख रहा था। मेरी तरफ़ देख-देखकर कितने सिपाही मुस्कराए।

मेरे बालों के बाद मुँह की तरफ़ देखकर लोग मिस-फ़ैशन कहते हैं। थिएटर, सिनेमा में यह सम्बोधन दशाधिक बार एक ही रोज सुनने को मिला है। रास्ते पर भी छेड़खानी होती है। मैं कुछ बोलता नहीं। क्योंकि सबसे अच्छा जवाब है बालों को कटा देना। पर ऐसा करूँ, तो मुझे दूसरों की समझ की ख़ूराक न मिले। मैं सोचता हूँ, आवाज़ कसनेवालों पर एक हाथ रक्खूँ, तो छठी का दूध याद आ जाय, यह वे नहीं देखते। मैं समझ गया, सिपाही भी मिस-फ़ैशन से ख़ुश होकर हँस रहे हैं। लत तो है। मेरे ग्रीक-कट, पाँच .फ़ुट साढ़े ग्यारह इंच लम्बे, जरूरत से ज्यादा चौड़े और चढ़े मोढ़ों के कसरती बदन को देखकर किसी को आतंक नहीं हुआ। इसका एक निश्चय कर मैं पगली की तरफ़ देखने लगा। पगली बैठी थी। सिपाही मिलिटरी ढंग से लेफ्ट-राइट लैफ्ट-राइट दुरुस्त, दर्प से जितना ही पृथ्वी को दहलाते हुए चल रहे थे, पगली उतना ही उन्हें देख-देखकर हँस रही थी। गोरे गम्भीर हो जाते थे। मैंने सोचा, मेरा बदला इसने चुका लिया। पगली ने .ख़ुशी में अपने बच्चे को भी शरीक करने की कोशिश की—माँ अच्छी चीज, अच्छी तालीम बच्चे को देती ही है। पगली पास बैठे बच्चे की ओर देखकर चुटकी बजाकर सिपाहियों की तरफ़ उँगली से हवा को कोंच-कोंचकर दिखा रही थी, और हँसती हुई जैसे कह रही थी—"ख़ुश तो हो? कैसा अच्छा दृश्य है!"

कई महीने हो चुके। आदान-प्रदान से पगली की मेरी गहरी जान-पहचान हो गई। पगली मुझे अपना शरीर-रक्षक समझने लगी। उसे लड़के बहुत तंग करते थे। मैं वहाँ होता था, तो विचित्र ढंग से मुँह बनाकर मुझसे सहानुभूति की कामना करती हुई, अपार करुणा से देखती हुई लड़कों की तरफ़ इशारा करती थी। मुझे देखकर लड़के भग जाते थे। इस तरह मेरी-उसकी घनिष्ठता बढ़ गई। वह मुझे अपना परम हितकारी मानने लगी। मैं .ख़ुद भी पैसे देता था और मित्रों से भी दिला देता था, पगली यह सब समझती थी। एक

दिन मुझे मालूम हुआ, उसके पैसे बदमाश रात को छीन ले जाते हैं। यह मनुष्यों का विश्व-व्यापी धर्म सोचकर मैं चुप हो गया। चुरा जाने पर पगली भूल जाती थी, छिन जाने पर, कम प्रकाश में किसी को न पहचानकर रो लेती थी।

एक दिन मेरे एक मित्र ने पगली से मज़ाक़ किया। किसी ने उन्हें बतलाया था कि इसके पास बड़ा माल है, मिट्टी में गाड़-गाड़कर इसने बड़े पैसे इकट्ठे किए हैं। मेरे मित्र पगली के पास गए, और मुस्कराते हुए ब्याजवाली बात समझाकर दो रुपए उधार माँगे। उनकी बात सुनकर पगली जी खोलकर हँसी, फिर कमर से तीन पैसे निकालकर निस्संकोच देने लगी।

(३)

गरमी की तेज़ लू और बरसात की तीव्र धार पगली और उसके बच्चे के ऊपर से पार हो गई। लोग—जो समर्थ कहलाते हैं—केवल देखते रहे। पास एक ख़ाली मकान के बरांदे में, पानी बरसने पर, वह आश्रय लेती थी। जब तक वह उठकर बिस्तरा उठाकर जाय-जाय, तब तक उसका बिस्तरा भीग जाता था, वह भी नहा जाती थी। फिर उसी गीले में पड़ी रहती। उसका स्वास्थ्य धीरे-धीरे टूटने लगा। उसे तपस्या करने की आदत थी, काम करने की नहीं। उसके हाथ-पैर बैठे-बैठे जकड़ गए थे। पानी पीने के लिये रास्ते के उस पार जाना पड़ता था। पानी की कल उसी तरफ़ थी। इस पार से उस पार तक इतना रास्ता पार करते उसे आधे घंटे से ज्यादा लग जाता था। एक फ़र्लांग पर कोई इक्का या ताँगा आता होता, तो पगली खड़ी हुई उसके निकल जाने की प्रतीक्षा करती रहती। उसकी मुद्राएँ देखकर कोई मनुष्य समझ जाता कि उस एक्के या ताँगे से दब जाने का उसे डर हो रहा है। साधारण आदमी तब तक चार बार रास्ता पार करता। एक एक्का निकल जाता, फिर दूसरा आता हुआ देख पड़ता। पगली अपनी जगह जमी हुई चलने के लिये दो-एक दफ़े झूमकर

रह जाती। उसकी मुख-मुद्रा ऐसी विरक्ति सूचित करती थी—वह इतनी खुली भाषा थी कि कोई भी उसे समझ लेता कि वह कहती है, "यह सड़क क्या मोटर-ताँगे-एक्केवालों के लिये ही है? इन्हें देखकर मैं खड़ी होऊँ, मुझे देखकर ये क्यों न खड़े हों?" बड़ी देर बाद पगली को रास्ता पार करने का मौक़ा मिलता। तब तक उसकी प्यास कितनी बढ़ती थी, सोचिए।

एक दिन हम लोग ब्लैक कुइन खेल रहे थे। शाम को पानी बरस चुका था। पगली उसी ख़ाली मकान के बरांदे पर थी। हम लोगों ने खाना खाकर खेल शुरू किया था। होटल के गेट की बिजली जल रही थी। फ़ुटपाथ पर मेज और कुर्सियाँ डाल दी गई थीं। दस बज चुके थे। बच्चे को सुलाकर पगली किसी जरूरत से बाहर गई थी। उसका बच्चा सोता हुआ करवट बदलकर दो हाथ ऊँचे बरांदे से नीचे फ़ुटपाथ पर आ गिरा, और जोर से चीख उठा। मेरे साथ के खिलाड़ी आलोचना करने लगे, "जान पड़ता है, पगली कहीं गई है, है नहीं।" होटल के एक अमीर-दिल बोर्डर ने संगम से कहा, "देख रे, पगली कहीं हो, तो बुला तो दे।"

इनकी बातचीत में वह भाव था, जिसके चाबुक ने मुझे उठने को विवश कर दिया। मैंने उस बच्चे को दौड़कर उठा लिया। मेरे एक मित्र ने कहा—"अरे, यह गंदा रहता है।" मैं गोद में लेकर उसे हिलाने लगा। उतनी चोट खाया हुआ बच्चा चुप हो गया, क्योंकि इतना आराम उसे कभी नहीं मिला। उसकी माँ इस तरह बच्चे को सुख के झूले में झुलाना नहीं जानती। जानती भी हो तो उसमें शक्ति नहीं। बच्चे को आँखों के प्यार से गोद का सुख ज्यादा प्यारा है। इसे इस तरह की मारें बहुत मिली होंगी, पर इस तरह का सुख एक बार भी न मिला होगा। इसलिये वह चोट की पीड़ा भूल गया, और सुख की गोद में पलकें मूँदकर बात-की-बात में सो गया। मैंने उसे फिर उसकी जगह पर सावधानी से सुला दिया।

अब धीरे-धीरे जाड़ा पड़ने लगा था। मेरे मित्र श्रीयुत नैथाणी ने कहा, "एक रोज़ पगली का बच्चा गिर गया था, आपने गोद में उठा लिया था। दीवान साहब तब जग रहे थे, मुझे भी देखने को जगा दिया।" मैं चुप रहा। मन में कहा, "यह कोई बड़ी बात तो थी नहीं, बुद्ध एक बकरे के लिये जान दे रहे थे। जब हममें बड़ी-बड़ी बातें पैदा होंगी, तब हम इन बातों की छुटाई समझेंगे। आज तो तरीक़ा उल्टा है। जिसकी पूजा होनी चाहिए, वह नहीं पुजता; जो कुछ पूजता है वही अधिक पुजने लगता है!"

जाड़ा ज़ोरों का पड़ने लगा। एक रोज़ रात बारह बजे के करीब रास्ते से पिल्ले की-सी कूँ-कूँ सुन पड़ी। मैं एक कहानी समाप्त करके सोने का उपक्रम कर रहा था। होटल में और सब लोग सो चुके थे। मैं नीचे रास्ते के सामनेवाले कमरे में रहता था। होटल का दरवाज़ा बंद हो चुका था। पर मैं अपना दरवाज़ा खोलकर बाहर गया। देखता हूँ, एक पाया हुआ मामूली काला कंबल ओढ़े बच्चे को लिए पगली फ़ुटपाथ पर पड़ी है। जब उसे दुनिया का, अपने अस्तित्व का ज्ञान होता है, तब हाड़ तक छिद जानेवाले जाड़े से काँपकर वह ऐसे करुण स्वर से रोती है। ज़मीन पर एक फटी-पुरानी ओस से भीगी कथरी बिछी, ऊपर पतला कंबल। ईश्वर ने मुझे केवल देखने के लिये पैदा किया है। मेरे पास जो ओढ़ना है, वह मेरे लिये भी ऐसा नहीं कि खुली जगह सो सकूँ। पुराने कपड़े होटल के नौकर माँग लेते हैं—मथुरा मेरा कुर्ता, जो उसके अचकन की तरह होता है, बाँहें काटकर रात को पहनकर सोता है, संगम मेरी धोती से अपनी धोती साँटकर ओढ़ता है, महाराज ने राखी बाँधकर कंबल माँगा था, अभी तक मैं नहीं दे सका। मैं सोचने लगा, यह कंबल पगली को किसने दिया होगा? याद आया, सामने के धनी बंगाली-घराने की महिलाएँ बड़ी दयालु हैं, कभी-कभी पगली को धोती और उसके लड़के को अँगरेज़ी फ़्राक पहना देती थीं—उन्हीं ने दिया होगा। ऐसे ही विचार में मेरी

आँख लग गई।

होटल के मालिक से नाराज़ होकर, गुट्ट बाँधकर एक रोज़ बारह-तेरह बोर्डर निकल गए। सब विद्यार्थी थे। मुझे मानते थे। कुछ कैनिंग कॉलेज के थे, कुछ क्रिश्चियन कॉलेज के। मुझसे उनके प्रमुख दो लॉ क्लास के विद्यार्थियों ने आकर कहा—"जनाब, ऐसा तो हो नहीं सकता कि हम उस महीने का खर्च यहाँ देकर, वहाँ पेशगी फिर एक महीने का खर्च दें—धीरे-धीरे प्रोप्राइटर को रुपये दे देंगे, हमारे पास घर से खर्च तो एक ही महीने का आता है, अब वहाँ जाकर लिखेंगे, खर्च आएगा, तब देंगे। होटल तोड़ने के लिये कई बार हम लोगों से मैनेजर कह चुके हैं। बीच में तोड़ दिया, तो हम कहीं के न हुए। इम्तहान सिर पर है। हमने पहले से अपना इंतजाम कर लिया।" मुझे ख्याल आया अब पगली की रोटियाँ भी गईं। वह अब चल भी नहीं सकती कि दूसरी जगह से माँग लाए। विद्यार्थी मन में यह सोचते हुए गए (अब मालूम हो रहा है) कि जैसा सड़ा खाना खिलाया है, दामों के लिये वैसे ही सड़क पर चक्कर खिलवाएँगे।

उनके जाने से होटल सूना हो गया। निश्चय हुआ कि इस महीने के बाद बंद कर दिया जायगा। संगम मेरे पास उस जाड़े में मेरी दी हुई एक बनियानी पहने हुए मुट्ठियाँ दोनों बग़लों में दबाए संसार का एक्स (X) बना हुआ सुबह-सुबह आकर बोला—"बाबूजी, मेरी दो महीने की तनख्वाह बाकी है, आप दस रुपया काटकर मैनेजर साहब को बिल चुकाइएगा।" मैंने उसे धैर्य दिया। दस रुपए की कल्पना से गलकर हँसता हुआ बड़े मित्र-भाव से संगम मुझे देखने लगा। मैंने देखा, हँसते वक्त उसका मुँह नवयुवतियों की आँखों को मात कर कानों तक फैल गया है।

दो-तीन दिन बाद एक मकान किराये पर लेकर मैनेजर को अपनी बेयरर चेक दस्तखत करके देने से पहले मैंने कहा—"आपको चेक

दिलवाने के लिये गंगा-पुस्तकमाला जाता हूँ, चेक में दस रुपए कम होंगे, संगम की दो महीने को तनख़्वाह बाक़ी है? उसने कहा है, मेरे रुपए रोककर होटल को रुपए दीजिएगा।" मैनेजर यानी प्रोप्राइटर साहब ने संगम को बुलाया। कहा—"क्यों रे, तू हमें बेईमान समझता है?" संगम सिटपिटा गया, मारे डर के उसकी ज़बान बंद हो गई। मैनेजर साहब उसे घूरकर मेरी ओर देखकर बोले—"आप मुझे ही रुपए दीजिएगा, नौकरों की इस तरह आदत बिगड़ जायगी।" मैं सतत्तर रुपए का चेक मैनेजर साहब को देकर किराए के दूसरे मकान में चला आया। मेरे साथ मेरे मित्र कुँअर साहब भी आए।

एक रोज़ पगली का हाल सुनकर उनके मामा साहब एक नफ़ीस बारीक कंबल पगली को देने के लिये दे गए। मैंने कुँअर साहब से कहा, "रज़ाई ठीक थी, इससे क़ीमत में भी ज्यादा नहीं होगी, और पगली का जाड़ा भी छूट जायगा।" कुँअर साहब अपनी रज़ाई देने के लिये देकर बड़े दिन की छुट्टियों में घर गए। मैं रज़ाई लेकर पगली को उढ़ा आया। दो-तीन दिन बाद मेरे मित्र श्रीयुत नैथाणी मिले। कहा—"पगली अस्पताल भेज दी गई। डॉक्टर का कहना है, उसे डबल निमोनिया हो गया है। बचेगी नहीं। उसका बच्चा श्रीदयानंद अनाथालय भेज दिया गया है। पगली बच्चे को छोड़ती न थी। पगली को ले जानेवाले एक्के की बग़ल से निकलती हुई मोटर के धक्के से एक स्वयंसेवक के पैर में सख़्त चोट आ गई है, इसी ने सबसे पहले गंदगी से न डरकर पगली को उठाया था!"

एक रोज़ सुबह उसी तरह बग़ल में मुट्ठी दबाए हुए संगम ने आकर कहा, "बाबू, आपका चेक भुनाकर मैनेजर साहब भग गए हैं।"

"नहीं, संगम," मैंने समझाया, "मैनेजर साहब बड़े अच्छे आदमी हैं। घर रुपए लेने गए हैं। उन्हें कई सौ रुपए देने हैं—लकड़ी, घी, आटा, दूध और किराए के। लौटकर रुपए दे देंगे।" संगम वैसा ही फिर हँसा।

६

स्वामी सारदानंदजी महाराज और मैं

(१)

उन दिनों १९२१ ई० थी। एक साधारण-से विवाद पर विशद महिषादल-राज्य की नौकरी नामंजूर-इस्तीफ़े पर भी छोड़कर मैं देहात में अपने घर रहता था। कभी-कभी आचार्य पं० महावीरप्रसादजी द्विवेदी के दर्शनों के लिये जुही, कानपुर जाया करता था। इससे पहले भी, जब १९१९ में हिंदी और बँगला के व्याकरण पर लिखा हुआ मेरा लेख शुद्ध कर, 'सरस्वती' में छापकर १९२० में उन्होंने साहित्य-सेवा से अवसर ग्रहण किया, दौलतपुर में उनके दर्शन कर चुका था। साहित्य में द्विवेदी जी का गुरुत्व मैं उन्हीं के गुरुत्व के कारण मानता था (मानता भी हूँ), अपने किसी अर्थ-निष्कर्ष या स्वार्थ-लघुत्व के लिये नहीं। पर इष्ट तो निर्भर भक्त की मुक्ति की ओर देखता ही है—द्विवेदीजी भी मेरी स्वतन्त्रता से पैदा हुई आर्थिक परतंत्रता पर विचार करने लगे। आज ही की तरह उन दिनों भी हिंदी की मस्जिदों पर मुरीद द्विवेदीजी की नमाज पढ़ते थे, लिहाज़ा उनकी कोशिश—मैं किसी अख़बार के दफ़्तर में जगह पा जाऊँ—कारगर हुई। दो पत्र उन्होंने अपनी आज्ञा से चिह्नित कर गाँव के पते पर मेरे पास भेज दिए, एक काशी के एक प्रसिद्ध रईस राजनीतिक नेता का था, एक कानपुर ही का। काशीवाले में आने-जाने का खर्च देने के विवरण के साथ योग्यता की जाँच के बाद जगह देने की बात थी, कानपुरवाले में लिखा था—इस समय एक जगह २५) रुपए की है, अगर वह चाहें, तो आ जायँ। मालूम हो कि यह सब उदारता पूज्य द्विवेदीजी अपनी तरफ़ से स्नेह-वश कर रहे थे। अवश्य मेरे पास शिक्षा का जो प्रमाण-पत्र इस समय तक है,

उस योग्यता की पूरी-पूरी रक्षा जगह देनेवालों ने की थी, तथापि सिपहगरी के समतल क्षेत्र से सुबेदारी तक के सुस्तर उन्नति-क्रम पर अविचल श्रद्धा न मुझे पहले थी, न अब भी है। फलतः उन पत्रों ही को मेरी अशिक्षा के कारण अस्थानप्राप्ति हुई, मेरी जेब में प्रमाण के तौर पर अपने सुलेखकों के पास वापस जाने का सौभाग्य उन्हें न मिला। मेरे अंदर मर्यादा का ज्ञान अत्यंत प्रबल है, इसकी जानकारी पूज्य द्विवेदीजी को स्वतः उत्तरदायी पद दिलाने की ओर फेरने लगी। पर द्विवेदीजी करते भी क्या, प्रमाण जो न था ? जो कुछ भी साहित्य-सेवा की प्रबल प्रेरणा से मैं लिखता था, वह एक ही सप्ताह के अंदर संपादक महोदय की अस्वीकृति के साथ मुझे पुनः प्राप्त हो जाता था। केवल दो लेख और शायद दो ही कविताएँ तब तक छप पाई थीं, सो भी जब हिंदी के छंदों में बड़ी रगड़ की और लेखों में कलम को पूरी ऊँची आवाज से हिंदी की प्रशंसा। अस्तु, इन्हीं दिनों स्वामी माधवानंदजी, प्रेसिडेंट, अद्वैत आश्रम (रामकृष्ण-मिशन), मायावती, अलमोड़ा, हिंदी में एक पत्र निकालने के विचार से पत्रों में विज्ञापन करते हुए सम्पादक की तलाश में द्विवेदीजी के पास, जुही, आए। उस समय मेरी एक कविता, वह 'परामल' में 'अध्यात्म-फल' के नाम से छपी है, 'प्रभा' में प्रकाशित हुई थी। उतने ही प्रत्यक्ष आधार पर आचार्य द्विवेदीजी स्वामीजी के पत्र के लिये मेरी योग्यता की सिफ़ारिश कर चले। उनकी तकलीफ़ आप समझ सकते हैं। स्वामीजी ने मेरा पता नोट कर लिया, और मुझे एक चिट्ठी योग्यता के प्रमाण-पत्र भेजने की आज्ञा देते हुए लिखी। बँगाल में रहकर परमहंस श्रीरामकृष्णदेव तथा स्वामी विवेकानंदजी के साहित्य से मैं परिचय प्राप्त कर चुका था, दो-एक बार श्रीरामकृष्ण-मिशन, बेलूड़, दरिद्र-नारायणों की सेवा के लिए भी जा चुका था, श्रीपरमहंस देव के शिष्य-श्रेष्ठ पूज्यपाद स्वामी प्रेमानंदजी महाराज को महिषादल में अपना तुलसी-कृत रामायण का सस्वर पाठ सुनाकर उनका अनुपम स्नेह तथा आशीर्वाद

प्राप्त कर चुका था; स्वामी माधवानंदजी को पत्रोत्तर में अपनी इसी योग्यता के हृष्ट-पुष्ट प्रमाण दिए। स्वामीजी का वह पत्र अँगरेजी में था और मेरा उत्तर बँगला में। कुछ दिनों बाद मैं द्विवेदीजी के दर्शनों के लिये फिर गया तो मालूम हुआ कलकत्ता में एक सुयोग्य साहित्यिक स्वामीजी को संपादन के लिये स्वयं प्राप्त हो गए हैं। घर लौटने पर उनका एक पत्र मुझे भी बँगला में लिखा हुआ मिला कि धैर्य धारण करो, प्रभु की इच्छा होगी, तो आगे देखा जायगा।

इसी समय महिषादल-राज्य से मुझे तार मिला कि जल्द चले आओ। मैंने सोचा, जब नामंज़ूर इस्तीफ़े पर हठवश चले आने का दोष ही हटा दिया गया, तो अब जाने में क्यों द्विधा करूँ? मैं महिषादल गया। पर, राजा, जोगी, अगिन, जल की उल्टी रीतिवाली याद न रही। यहाँ 'समन्वय' के सार्थक नाम से एक सुन्दर पत्र प्रकाशित हुआ। मेरे पास भी वह लेख के तक़ाजे के साथ गया। मैंने उसमें युगावतार भगवान् श्रीरामकृष्ण' ऐसा एक लेख लिखा। जब वह प्रकाशित हुआ, तब मैंने द्विवेदीजी की राय माँगी। उन्होंने उस लेख को पढ़कर बधाई दी। मैं मौलिक लेख लिख सकता हूँ, आचार्य द्विवेदीजी के इस आशीर्वाद का सदुपयोग मैं अपने ही भीतर तब से अब तक करता जा रहा हूँ। कई और भी मेरे साहित्यिक पूज्यपादों ने उस लेख की विचारणा और भाषा-शैली के लिये मुझे प्रोत्साहन दिया। 'समन्वय' को एक बड़ी अड़चन पड़ी, और यह हिंदी और बँगला बोलनेवालों में, मेरे विचार से, शायद अभी बहुत दिनों तक रहेगी। इधर मेरे सामने भी राजावाली उल्टी रीति पेश हुई। इसी समय 'समन्वय' के मैनेजर स्वामी आत्मबोधानंदजी ने मुझे लिखा कि बंगालियों के भावों को समझने के लिए यहाँ ऐसा आदमी चाहिये, जो बँगला जानता हो, हमें अड़चन पड़ती है, तुम चले आओ। मैंने जाकर देखा, 'समन्वय' के आठ ही महीने में दो संपादक बदल चुके थे। संपादक की जगह नाम स्वामी माधवानंदजी

का छपता था, वह हिंदी भी बहुत अच्छी जानते हैं, काम तथा हिंदी की विशेषता की रक्षा के लिये 'समन्वय' में एक हिंदी-भाषी संपादक रहता था। इस तरह मैं 'समन्वय' में जाकर स्वामीजी महाराजों के साथ, 'उद्‌बोधन' कार्यालय, बाग़बाज़ार में रहने लगा। यहीं पहले-पहल आचार्य स्वामी सारदानंदजी महाराज के दर्शन किये। यह १९२२ ई० की बात है।

स्वामी सारदानन्दजी इतने स्थूल थे कि उन्हें देखकर डर लगता था। यद्यपि डरवाली बात मेरे पास बहुत पहले ही से कम थी, भूतों से साक्षात्कार करने के लिये रात-रात-भर श्मशानों की सैर करता रहा था, और आधी रात को घर से निकलकर पैदल आठ-नौ कोस ज़मीन चलकर सुबह आचार्य द्विवेदीजी के दर्शन किए थे, फिर भी स्वामी सारदानन्दजी की ओर बहुत दिनों तक मैं देख नहीं सका। पर मैं आँखें झुकाकर, प्रणाम कर उनकी सभा में कभी-कभी बैठ जाता था—बात-चीत सुनने के लिये। किसी दर्शन या धर्मग्रंथ का पाठ होने पर उठकर चला आता था, क्योंकि दार्शनिकता की मात्रा यों भी दिमाग़ में बहुत ज्यादा थी, जी घबरा उठता था। स्वामीजी की वार्त्तालाप-सभा में महीनों मैंने संयम रक्खा; कुछ बोलकर बेवक़ूफ़ न बनूँगा, सिद्धांत कर लिया था। बाहर के आये हुये विद्वानों को देखता भी था, अंट-संट बकते जा रहे हैं; न सर, न पूँछ; उनकी आवाज़ की किरकिराहट अर्थ से पहले अनर्थ व्यंजित करती थी। स्वामीजी मेरी 'यावत्किंचिन्न-भाषते' नीति पर प्रसन्न होकर मुस्कराते थे। एक रोज़ धैर्य जाता रहा। मैंने पूछा—"यह संसार मुझ में है, या मैं इस संसार में हूँ?" उन्होंने बड़े स्नेह से कहा—"इस तरह नहीं।"

हमारे यहाँ की जैसी संस्कृति थी, मैं बचपन से संतों की सूक्तियों पर भक्ति करता हुआ विशेष रूप से ईश्वरानुरक्त हो चला था। इसलिए सो जाने पर देवताओं के स्वप्न बहुत देखता था। जो देव जाग्रत् अवस्था में कभी नहीं बोले, मैं ही बातचीत करता थकता था, वे सो

जाने पर दम न भरते थे। इसे धर्म-ग्रंथों में शुभ लक्षण कहा है। पर मेरे लिये यह उत्तरोत्तर अशुभ हो चला। क्योंकि बराबर यह प्रश्न जारी रहा कि मूर्त्तियाँ जाग्रत अवस्था में क्यों नहीं बोलतीं? रात की अनिद्रा और दिन की उधेड़-बुन के शुभ लक्षण सहज ही अनुमेय हैं। क्रमशः दार्शनिकता प्रबल हो चली। धीरे-धीरे देवताओं के कथोपकथन के फल-स्वरूप घोर नास्तिक, शंकितचित्त हो गया। जब 'समन्वय' के संपादन के लिये गया था, तब यही दशा थी। आस्तिकता पहले के उपार्जित संस्कार या धूप-छाँह की सार्थकता की तरह आती थी। एक दिन मैंने स्वामीजी से कहा, सो जाने पर मेरे साथ देवता बात-चीत करते हैं। वह सस्नेह हँसकर बोले, बाबूराम महाराज से भी करते थे (स्वामी प्रेमानंदजी का पहला नाम श्रीबाबूराम था। इनका जिक्र मैं कर चुका हूँ कि श्रीरामकृष्ण के शिष्यों में पहले इन्हीं के दर्शन मैंने महिषादल में किए थे)। इस प्रसंग के कुछ ही दिनों में, मैं अपने एक बंगाली मित्र के बिस्तरे पर सो रहा था, दुपहर को सोने का मुझे अब भी अभ्यास है, देखता हूँ कि "स्वामी सारदानंदजी महाध्यान में मग्न हैं, ईश्वरीय विभूति से युक्त ऐसी मूर्त्ति मैंने आज तक नहीं देखी—कमलासन बैठे हुए, ऊर्ध्वबाहु, मुद्रितनेत्र, मुख-मंडल पर महानन्द की दिव्य ज्योति, जो कुछ है, सब ऊपर उठा जा रहा है; इसी समय उनके सेवक एक सन्यासी महाराज उन्हें खिलाने के लिये रसगुल्ले ले गए; उसी ध्यानावस्थित अवस्था में स्वामीजी ने मेरी ओर इशारा किया। सेवक महाराज ने लौटकर मुझे रसगुल्लों का कटोरा दे दिया। मैं गया और एक रसगुल्ला खिलाकर लौट आया। कटोरा सेवक सन्यासी महाराज को दे दिया।

बस, आँख खुल गई। मेरा मस्तिष्क हिम-शीकरों-सा स्निग्ध हो गया। उनमें महाज्ञान का कितना बड़ा प्रत्यक्ष प्रमाण मैंने देखा है, मैं क्या कहूँ।

पर मेरी विरोधी शक्ति बराबर प्रबल रही। तीव्र तीक्ष्ण दार्शनिक

वज्र-प्रहारों से बराबर मैं मन से उनका अस्तित्व मिटाता रहा—मिटा देता था, तभी काम कर सकता था, पर वह काम—जो घर के लिये, संसार के लिये बंधनों से मुक्त होनेवाला सामाजिक और साहित्यिक उत्तरदायित्व लिए हुए था। पर आकाश से सीमावकाश में आकर भी मैं आकाश में ही रहता हूँ, ज्यों-ज्यों लड़ता गया—जुदा होता गया, यह भाव प्रबल होता रहा। जीवन्मुक्त महापुरुष क्या हैं, मैं अब और अच्छी तरह समझने लगा। मैं प्रहार करता हुआ जब थक जाता था, तब मेरे मनस्तत्त्व के सत्य-स्वरूप स्वामी सारदानन्दजी मुझे रंगीन छाया की तरह ढककर हँसते हुए तर कर देते थे। इन महादार्शनिक; महाकवि, स्वयंभू, मनस्वी, चिर-ब्रह्मचारी, सन्यासी, महापंडित, सर्वस्वत्यागी साक्षात् महावीर के समक्ष देवत्व, इंद्रत्व और मुक्ति भी तुच्छ है। मैंने भी देश तथा प्रदेशों के बड़े-बड़े कवियों, दार्शनिकों, पन्डितों तथा पुरुषों के साथ एक सर्वश्रेष्ठ उपाधि से भूषित किए हुए अनेकानेक लोगों को देखा है, पर वाह रे संसार, सत्य की कितनी खरी जाँच तूने की—महाविद्या और महापुरुष-चरित्रों का कितने पोच मस्तिकों में तूने पता लगाया! मैं ब्राह्मण था, किसी मनुष्य को सिर नहीं झुकाया; मेरे चरित्र का पूरा अध्ययन कीजिएगा, चरित्र और ज्ञान, जीवन और परिसमाप्ति में जो 'एजति, न एजति' को सार्थक करनेवाले ब्रह्म थे, उन्होंने अपनी पूर्णता देकर मेरी स्वल्पता ले ली। अब दोनों भाव उन्हीं के हैं; एक से वह लड़ते हैं, दूसरे से बचते हैं—यही मेरा इस समय का जीवन है।

स्वामी सारदानन्दजी के जिन सेवक सन्यासी के हाथ से कटोरा लेकर स्वप्न में मैंने स्वामीजी को रसगुल्ला खिलाया था, उन्होंने मुझसे एक रोज एकाएक कहा—"तुम मंत्र नहीं लोगे?—जाओ।" मैंने सोचा, "यहाँ महाप्रसाद की तरह मंत्र भी बँटता होगा, लेने में हर्ज क्या है?" मुझे बड़े को गुरु मानने में आपत्ति कभी नहीं रही, रहा सिर्फ गुरुडम के खिलाफ, फिर मंत्र लेने से कुछ मिलता ही है;

जहाँ मिलनेवाली सूचना हो, वहाँ पैर न बढ़ाए, ब्राह्मण का कोई बेवक़ूफ़ लड़का होगा। मैं सपाटा-चाल जीना तय करके स्वामीजी के कमरे में पहुँचा और बैठ गया। उन्होंने पूछा, "क्या है?" मैंने कहा, "मंत्र लेने आया हूँ।" मेरे स्वर में न-जाने क्या था। मुझे तंत्र-मंत्र पर बिल्कुल विश्वास न था। स्वामीजी प्रसन्न गंभीरता से बोले—"अच्छा, फिर कभी आना।"

मैंने मन में कहा, अब इञ्जानिब नहीं जाने के। कई रोज हो गए, नहीं गया। वहाँ कभी-कभी माँ के कमरे में (श्रीपरम-हंसदेव की धर्मपत्नी श्रीश्रीसारदामणिदेवी, तब माँ देह छोड़ चुकी थीं) तुलसीकृत रामायण पढ़ता था। पहले दिन पढ़ी थी, तब स्वामी सारदानन्दजी ने प्रसाद के दो रसगुल्ले दिलाये थे। सब को एक रसगुल्ला मिलता है। केवल शंकर महाराज (स्वामी सारदानन्दजी के बड़े गुरुभाई, श्रीरामकृष्ण-मिशन के प्रथम प्रेसीडेण्ट, पूज्यपाद स्वामी ब्रह्मानन्दजी के प्रिय शिष्य) को दो रसगुल्ले पाते हुए बाद को मैंने देखा था, पर उन्होंने एक रसगुल्ला मुझे दे दिया था। एक बार माँ को प्रणाम कर, प्रसाद लेकर मैं स्वामी सारदानन्दजी महाराज के जीने की तरफ़ से उतरने के लिये जा रहा था, प्रसाद मेरे हाथ में था, मन बड़ा प्रफुल्ल, फूल-सा खिला हुआ, हल्का; गोस्वामी तुलसीदास जी की भारतीय संस्कृति मन को ढके हुये; स्वामीजी आ रहे थे, मुझे भावावेश में देख कर, रास्ता छोड़कर एक तरफ़ हट गए; मुझे होश था ही, मैं भी हट-कर खड़ा हो गया कि यह चले जायँ, तो जाऊँ। स्वामीजी ने पूछा—"यह प्रसाद किसके लिये लिये जा रहे हो?" (स्वामीजी से मेरी बँगला में बातचीत होती थी) मैंने कहा—"अपने लिये।" उन्होंने कहा—"अच्छा, खाकर आओ।" चटपट प्रसाद खाकर मैं ऊपर गया। स्वामीजी अपने कमरे के सामने उसी रास्ते पर खड़े थे। मुझे देखकर बड़े स्नेह से पूछा—"उस रोज़ तुम क्या कहनेवाले थे?" मैंने कहा—"मुझे तंत्र-मंत्र पर विश्वास नहीं।" उन्होंने पूछा—"तुम

गुरुमुख हो ?" मैंने कहा—"हाँ, पर तब मैं नौ साल का था।" उन्होंने कहा—"हम लोग तो श्रीरामकृष्ण को ही ईश मानते हैं।" मैंने कहा—"ऐसा तो मैं भी मानता हूँ।" उत्तर की मैंने कभी देर नहीं की, वह ठीक हो, गलत। पहले क्या कह गया हूँ, फिर क्या कह रहा हूँ, इसकी तरफ़ ध्यान देनेवाला सच्चा वक्ता, लेखक, कवि या दार्शनिक नहीं—वह कला की मुक्ति में गण्य नहीं, कलाकारों के ऐसे कथन का मैं सजीव उदाहरण था। स्वामीजी के भारतीय कान ऐसे न थे, जो अँगरेज़ी बाजे के विवादी स्वरों से भड़ककर उसे सङ्गीत स्वीकार ही न करते। वह भावस्थ गुरुत्व से मेरे सामने आये। मुझे ऐसा जान पड़ा, एक ठंडी छाँह में मैं डूबता जा रहा हूँ। फिर मेरे गले में अपनी उँगली से एक बीजमंत्र लिखने लगे। मैंने मन को गले के पास ले जाकर क्या लिख रहे हैं, पढ़ने की बड़ी चेष्टा की, पर कुछ मेरी समझ में न आया।

परोक्ष रीति से ध्यान-धारणा के लिये स्वामीजी मुझे कभी-कभी याद दिला देते थे, पर मुझे यह धुन थी कि अब देखना है, गलेवाला मंत्र क्या गुल खिलाता है। पूजा-पाठ जो कुछ कभी-कभी करता था, वह भी बन्द कर दिया। मुझे कुछ ही दिनों में जान पड़ने लगा, मेरा निचला हिस्सा ऊपर और ऊपरवाला नीचे हो गया है, और रामकृष्ण-मिशन के साधु मुझे खींच रहे हैं। अजीब घबराहट हुई। मैंने सोचा, इन साधुओं ने मुझ पर वशीकरण किया है। तब समन्वय के कार्य-कर्त्ता उद्बोधन छोड़कर 'मतवाला'-ऑफ़िस में (तब 'मतवाला' न निकलता था, बालकृष्ण प्रेस था, मालिक 'मतवाला' के सम्पादक बाबू महादेवप्रसादजी सेठ थे) किराए के कमरों में रहते थे। मैं भी उनके साथ अलग कमरे में रहता था। महादेव बाबू से मैंने कहा, ये साधु लोग मुझे जादूगर जान पड़ते हैं। महादेव बाबू गम्भीर होकर बोले, यह आपका भ्रम है। मैंने कुछ न कहा, पर मुझे भ्रम होता, तो विश्वास भी होता। एक रोज़ ऐसा हुआ कि उन्हीं साधुओं में से एक की मेरे पास आकर यही हालत हुई। यह दर्शन-शास्त्र के एम्०

ए० हैं। आजकल अमेरिका में प्रचार कर रहे हैं। जब खिंचने लगे, तो बोले—"पंडितजी, क्या आप वशीकरण जानते हैं?" मैंने मन में कहा—"हूँ।" खुलकर बोला—"मैं मारण, मोहन, वशीकरण, उच्चाटन सबमें सिद्ध हूँ।"

इसके बाद एक दिन स्वप्न देखा—ज्योतिर्मय समुद्र है, श्यामा की बाँह पर मेरा मस्तक, मैं लहरों में हिल रहा हूँ।

फिर इतने चमत्कार इधर दस वर्षों में देखे कि अब बड़े-बड़े कवियों तथा दार्शनिकों की चमत्कारोक्तियाँ पढ़कर हँसी आती है। वह मंत्र भी तीन साल हुए, आग-सा चमकता हुआ कुछ दिनों तक सामने आया। उसे मैंने पढ़ लिया है।

७

सफलता

(१)

जो हवा दिए के जलते रहने की वजह है, वह दिए को बुझा भी देती है। आभा के सस्नेह अकलुष प्राणों के पावन प्रदीप को पति की जिस निश्चल समीर ने साल-भर तक जला रक्खा था, वह साल-भर से उसे बुझाकर, उसकी पृथ्वी से दूर, अंतरिक्ष की ओर तिरोहित हो गई है। साल ही भर में सुहाग का काजल उस दीपक-प्रकाश के ऊपर, रुग्रार आँखों में, प्रिय-दर्शन के अंजन-रूप नहीं रह गया। आभा आज की शरत् की तरह अपनी सारी रंगीनियों को धोकर शुभ्र हो रही है—श्वेत शेफाली-सी रँगे प्रभात के रश्मि-पात-मात्र से वृंतच्युत—जैसे केवल देवार्चन के लिये चुनी हुई। पर, प्राणों के नीचे, डंठल में, जो रंग लगा हुआ है, वह तो शरत् का नहीं—वसंत

का है। उसी के ऊपर वसंत के बादवाले महीनों के ये दल जैसे शरत् की आभा से शुभ्र हो रहे हैं। लालसा-चपल क्या कोई उस पूर्ण विकसित स्खलित शेफालिका-राशि को केसरिए सुगंध-रंग से अपनी वसंत की पाग रँगने के लिये वृक्ष के नीचे से चुपचाप चुन ले जायगा? हाय, यह वह सत्य शेफालिका तो नहीं! यह तो केवल देव-चरणों पर चढ़ने के लिये है—माला होकर हृदय पर या रंग बनकर आँखों पर चढ़ने के लिये नहीं! तभी आभा गाँव के किनारे घुले धवल शिवालय में देवता-पदों पर प्रत्यह पुष्प-स्वरूप अर्पित होने के लिये जाती है। उसके भीतर हृदय का दीप तो गुल हो चुका है, पर, बाहर अंध मंदिर-हृदय का द्वीप वह जला आती है।

यशस्वी साहित्यिक नरेंद्र ने उधर से जाते हुए, दीपक जलाकर देवता को प्रणाम करते समय कई बार आभा का दिव्य मुख और विशाल आँखों की सकरुण दृष्टि देखी। कई शुभ सांध्य क्षण उसे कारुण्य से ओत-प्रोत कर चुके—उसके हृदय में सहानुभूति का तैल संचित हुआ; वेदना की वर्तिका में समाज की कुप्रथा की आग—उसके हृदय का द्वीप जला।

यह प्रकाश कई बार, रास्ते में, मंदिर की सीढ़ियों पर, आभा के म्लान मुख पर पड़ा, प्रतिफलित हुआ। आभा के अंतःपुर की रूपसी ने अंतःपुर में उसे उतने ही निकट संबंध से पहचाना, जितने दूर व्यवहार से आभा धारा से दूर हो गई थी।

हाय रे जीवन! कितने आवर्तों से तू प्रवाहित होता है! जिन कारणों से आभा पृथ्वी से छुटी थी, वे ही उसे नरेंद्र के साथ लपेटने लगे। मन से वह नरेंद्र की दृष्टि की तरह उसके नजदीक हो गई। वह आज एकांत में नरेंद्र से पूछना चाहती है—इस संसार-दुख से मुक्ति पाने का कौन-सा मार्ग है। वह विद्वान् होकर उसे वंचित न करेगा—नः, वह धोका नहीं दे सकता—उसकी आँखें इसका विशद साक्ष्य देती हैं, फिर वह भी तो उसी की तरह विधुर है—जानता

है, व्यर्थ स्नेह कितना दुःखद, कितना कठोर है। होगा कि स्त्री न होने के कारण वह इतना दुःख, इतना अपमान न पा रहा हो; पर स्त्री होने के कारण कभी उसने कल्पना तो की होगी कि उसके न रहने पर उसकी स्त्री को क्या होगा। आभा का हृदय भर आया।

पर, आज-आज करके कई आज पार कर चुकी। नरेंद्र आज मिला। वह सोपान-सोपान उतर रही थी, नरेंद्र चढ़ रहा था। बहुत कुछ कहना चाहा था, पर कुछ भी न कह सकी। कितना हृदय धड़का! चुपचाप खड़ी रही। नरेंद्र ऊपर चला गया।

नरेंद्र बीसवीं सदी का मनुष्य है। वह न कर सके, ऐसा कोई काम नहीं; ऐसा कुछ किया भी, ऐसा नहीं। वह मन से धर्म और अधर्म को पार कर दूर निकल गया है; पर मन में धर्म से श्रद्धा और अधर्म से घृणा करता है। वह भौंरे की तरह खुली कली पर नहीं बैठा, पर भौंरे की तरह कलियों का जस बहुत गा चुका है, उनके चारो ओर बहुत मँडलाया। उसकी कल्पना में आभा उतने रंग भर चुकी है जितने किरण भरती है—फूलों में, पहाड़ पर, बादलों में, दिशाकाश में, तरह-तरह के सुघर विचारों में। पर आभा को वरण करने की कोई शहज़ोरी भी उसमें पैदा हुई, ऐसा लक्षण नहीं देख पड़ा। सोचा ज़रूर, पर उठे सर का झुक जाना देखा, और डरा।

त्यों-त्यों आभा दृढ़ होती गई। उसकी धड़कन जाती रही। चुपचाप स्नेह का एक लेख नरेंद्र के स्मरण-मात्र से लगने लगा। लाज फिर भी रही। एक रोज़ उसी तरह एकांत मिला। कंठ की देवी कंठ में निर्भय बैठी रही। शब्द जैसे आप बनकर, तुले हुए, निकले—"मुझे संसार में बड़ा दुख है।"

"दुख को देवता समझो।" नरेंद्र ने जैसे लेख की एक पंक्ति लिखी।

आभा का सारा दुःख जैसे एक साथ वाष्प बन गया—उस महाशक्ति का धड़ाका हुआ—"अर्थात् राक्षस को देवता मानूँ?"

नरेंद्र काँप उठा। क्यों डरा, न समझा। आभा ने फिर कहा—"केवल दुख नहीं सहा जाता। रोज का अपमान भार हो जाता है।"

धड़कन के बाद भाव स्पष्ट हुआ। नरेंद्र ने सोचा, यह भगना चाहती है। कृत्रिम गले से बोला—"धैर्य रक्खो!"

एक बार आभा ने अच्छी तरह नरेंद्र को देखा। खुलकर बोली—"आपको लोग बहुत बड़ा विद्वान् कहते हैं—पर मैं क्या समझूँ, पर बड़े भी छोटों को नहीं समझ पाते!"

नरेंद्र ने फिर कहा—"धैर्य रक्खो!"

सर झुकाकर आभा ने उत्तर दिया—"अच्छा!"

(२)

आभा की इच्छा निकल जाने की न थी, न किसी विषय-वासना से वह खिंची थी। नरेंद्र की तरफ़ उसके भाव ने उसे खींचा, और स्त्रियों की अवहेलना, अवज्ञा, जीती हुई एक प्रतिमा को मृत प्रेत से भी भयंकर—इतर पशु से भी तुच्छ समझनेवाली धारणा और व्यवहार ने उसे धकेला था। वह विद्वान् आचार्य से शिष्या की तरह मुक्ति की शिक्षा लेने गई थी, बस। हृदय में जो भाव नरेंद्र के प्रति प्रीतिवाले, कुछ काल के लिये उसे एक आवेश में भुला रखते थे, वे इतने पूर्ण थे कि उनसे अधिक की कामना वह कर नहीं सकती थी, करना सीखा भी न था। मुक्ति का पथ परिष्कृत होने पर वह हृदय की तुला पर तोलकर अवश्य देखती कि वह कितना प्रशस्त और कितना पवित्र है, तब आगे पैर बढ़ाती, तो बढ़ाती। यदि विद्वान् की बतलाई राह में उसे वैसा ही लांछन और अपमान देख पड़ता, जैसा वह घर में देख रही थी, तो घर और बाहर, दोनों के रास्तों को पार कर जाने का गौरव प्राप्त करती। विद्वान नरेंद्र—सहृदय नरेंद्र की 'धैर्य रक्खो' यह उक्ति उस दुख के प्रवाह में हृदय से लगा रखने के लिये एक उतराती कुछ भार सँभालनेवाली लकड़ी हुई। धैर्य रखकर भविष्य में सत्य निर्देश पाने की कल्पना लिए वह घर जाकर चुपचाप

पहले के अपमान सहने लगी।

इधर नरेंद्र ने सोचा, वह उसके साथ निकल जाने को एक पैर से तैयार थी। नरेंद्र को बड़ी घृणा हुई। कुछ आत्मप्रसाद भी हुआ कि उसकी धैर्य रखने की सलाह उसे मंजूर हुई। नरेंद्र गाँव रह रहा था, अधिक दिनों तक रहने की गुंजाइश न थी; कारण, वृत्ति लिखाई थी, जो घर बैठे मनीआर्डर द्वारा कम आती थी; शहर में रहकर आँर्डर पूरे करने पड़ते थे, तब पेट-भर को कहीं होता था। पेट भी दो-चार नहीं, सिर्फ एक। नरेन्द्र को इस दुर्दशा की चिंता न थी। कारण, वह साहित्य का सुधार कर रहा था। आदर्शवाद को साहित्य में दर्शाकर तब वह दम लेता था—उसके लेख और पुस्तकें प्रमाण हैं। बीसवीं सदी की समस्त विचार-धाराएँ उसकी धरा से बह चुकी थीं, पर जो कुछ उसने धारण किया था, वह था मनुष्य-धर्म, जिसे अँगरेजी में "Religion of man" नए स्वरपात से, जोर देकर, कहते हैं। इसमें भूत, वर्त्तमान और भविष्य के सब धर्म वह धर देता था।

अस्तु, नरेन्द्र घर से कलकत्ते के लिये रवाना हुआ। रास्ते में कानपुर, लखनऊ, प्रयाग, काशी, पटना, गया होता गया। मित्रों से और प्रकाशकों से मिलकर साहित्य तथा बाजार के हाव-भाव समझता रहा। 'आरती' के प्रकाशक ने कहा, हमारे यहाँ ८) फार्म से अधिक मौलिक पुस्तक के लिये देने का नियम नहीं, रुपया पुस्तक प्रकाशित होने के तीन महीने बाद से दिया जाना शुरू होता है। संपादक ने कहा, हम कोई लेख बिना पुरस्कार का नहीं छापते, अवश्य नए लेखकों को २) रुपए ही प्रति लेख देने का नियम है, पर आपको हम १।।) पृष्ठ देंगे। फिर बड़ी सहृदयता से बोले, इससे अधिक 'आरती' दे नहीं सकती। संपादक को लेख देने का वादा कर प्रकाशक से नरेन्द्र ने कहा—"आप लोग पुस्तकें बेचने के विचार से ५० और ६० प्रतिशत कमीशन बेचनेवाले को देते हैं—यह आपकी साहित्य-

सेवा नहीं, अर्थ-सेवा हुई। यदि लेखकों को अधिक देने लगें, तो किताबें अच्छी-अच्छी लिखी जायँ, और साहित्य का उद्धार भी हो।" प्रकाशक ने आँखें मूँदकर कहा—"साहित्य का उद्धार हम आपसे ज्यादा समझते हैं।" इस प्रकार अड़ता-छूटता नरेंद्र कलकत्ता गया। वहाँ बीसवीं सदी-पुस्तक-एजेंसी में ६) फ़ार्म का बँगला के रद्दी उपन्यासों के अनुवाद का काम मिला। कुछ करना ही था। काम लेकर, एक रोज़ निश्चिंत होकर जान बाज़ार-लाइब्रेरी में बैठा मासिक पत्र-पत्रिकाएँ देख रहा था। अँगरेज़ी, बँगला, हिन्दी, गुजराती, उर्दू, मराठी, सभी भाषाओं में एक विशेष आदर-भाव देखा—सिनेमा-स्टारों के सभी स्टोर हो रहे थे। देख-भालकर नरेन्द्र डेरे लौटा।

बीसवीं-सदी-पुस्तक-एजेंसी का अनुवाद शुरू तो किया, पर हाथ बन्द हो गया। बार-बार आँखों के सामने सिनेमा के सितारे चमकने लगे। साथ मन सोचने लगा—यह अनुवाद का काम भी क्यों? इससे किस आदर्श की पुष्टि होती है? अर्थ मुझे भी तो चाहिए। बड़ा अर्थ अगर लोग नहीं लेते, तो जो लेते हैं, उसे ही बढ़ाओ।" साथ-साथ, जितने प्रकाशक भली हालत में रहते थे, तथा अपर व्यवसाय के लोग, जो सफल हुए थे, सामने आने लगे। फिर दीन हिन्दी के लेखकों की सूरत आई। उसका मित्र स्नेहशरण एक सर्व-श्रेष्ठ गद्य-लेखक है, पर कदाचित् सबसे बड़ा दरिद्र और उपेक्षित। उसका भाव, जो अब तक उसे बड़ा बनाए हुए, दिन-रात उसे छोटा करता जा रहा था, सामने आया। देखकर उसे बड़ी घृणा हुई। कितने प्रकाशक उसका अपमान कर चुके हैं, कोई-कोई आफ़िस से भी निकाल चुके हैं; पर बराबर वह अपने नाम को मरता रहा, जो वास्तव में अप-मान था। उसे नामी कहकर, कहा कर किसी शाप ने उसे ऊँचे आसन से गिरने का धोका दिया है। जो नाम-स्वरूप श्रेष्ठ वैभव का भोक्ता हो, वह कौड़ी-कौड़ी को मोहताज भी रहे, ऐसा हो नहीं सकता; छोटे वैभव उसके पास ज़रूर होंगे, या वह चाहता न होगा। याद आया,

छोटे वैभवों की उसने परवा कब की; इसलिये छोटों ने उसे बराबर धोका दिया—नीचा दिखाया, और अन्त में आज यह प्रमाण भी दे रहे हैं कि वे छोटे उससे कितने बड़े हैं—उनके बिना उसका जीवन कितना अधूरा, कितना छोटा है।

नरेन्द्र ने अनुवाद बन्द कर दिया। सोचने लगा, किस प्रकार छोटा होकर वह बड़ा होगा। उसी क्षण आँखों के सामने वह सोलह सालवाली साक्षात् आभा अपने पूर्ण यौवन में उभरी स्वर्ग की अप्सरा-सी झलमलाने लगी। वह मधुर ध्वनि याद आई! वह 'अच्छा' प्राणों में घुलकर अमृत बन गया।

तरंग के तृण की तरह अब नरेन्द्र अपने सोचे हुए विचारों में नहीं बह रहा—एक दूसरी विचार-धारा उसे बहाए लिए जा रही है। जो सचाई आज तक दूसरों को रास्ता बताने में लगी थी, उसने आज अपना रास्ता पहचाना। एकाएक नरेन्द्र जैसे रात के शुभादर्श स्वप्न से जगकर दिन के प्रकाश में आया, जहाँ सब कुछ खुला हुआ है।

बॉक्स खोलकर रुपए गिने—लौटने का खर्च था।

(२)

गाँव में खबर उड़ी—नरेन्द्र बाबू ने आवारगी पर कमर कस ली—बाप-दादे का नाम मिटा दिया। घर-द्वार, जर-ज़मीन, जो कुछ था, बेच डाला—पाप तो; छिपता है? अब वह चेहरा ही नहीं रहा। आभा ने भी सुना। आँखों में गुनकर चुप हो गई।

शाम को, समय पर, नरेन्द्र मन्दिर गया। वैसे ही दीपक जला, वैसे ही मुख प्रकाश में ज्योतित हुआ। उतरने के वक्त उसी तरह चढ़ता हुआ मिला; आभा उसी तरह खड़ी हो गई।

"आभा, मैंने रास्ता ठीक कर लिया है।" यह आचार्य का कण्ठ न था, एक घनिष्ठ मित्र का था, जिसकी ध्वनि प्राणों के बहुत निकट पहुँचती है।

आभा ने सुना, और तोलकर देखा, यह स्वर वहीं पहुँचा है, जहाँ कभी आँखों की सहानुभूति—स्नेह पहुँचा था। इसमें उपदेश की गुरुता नहीं, मनुष्य के प्रति मनुष्य का सम-भाव है। वीणा-स्वर से झंकृत हुआ—"क्या है वह रास्ता ?"

'तुम्हारे और मेरे जीवन से बँधकर बिलकुल एक नया, जिससे, आगे, और लोग आएँगे, मनुष्यों के लिए मनुषय होने को।"

आभा ने नरेन्द्र को देखा, फिर निगाह फेरकर दीपक-प्रकाश में श्वेत शिव को देखने लगी। प्राणों में कैसी गुदगुदी हुई, बोली—"आप मुझे भगाना चाहते हैं ?"

"नहीं।" नरेन्द्र का कंठ बिलकुल स्थिर था।

आभा ने फिर नरेन्द्र को देखा—"गाँववाले आपको आवारा कहते हैं।" कंठ में सहानुभूति बज उठी।

"यह भ्रम गाँववालों को बराबर रहेगा।" नरेन्द्र की आँखों से बिजली निकल रही थी।

"मेरे लिये आपको जैसी आज्ञा हो—"

"हाँ, मैं तुम्हें वही अधिकार लेने के लिए कहता हूँ, जो तुमसे छिन चुका है।"

अज्ञात आँखों से आभा ने देखा।

"जिस दुनिया ने तुम्हें छोटी, अधम, भाग्य से रहित कहा, क्या उसे तुम नहीं समझाना चाहतीं कि तुम बहुत बड़ी—बहुत बड़ी, भाग्य से भरी हुई हो ?"

"ऐसा तो अब क्या होगा !"

"होगा आभा। वही रास्ता देखकर मैं आ रहा हूँ। विश्वास करो, और आज से दुनिया को ठोकर मार दो—इसे जो जितनी ठोकरें लगा सका, इसकी आँखों में वह उतना ही बड़ा हुआ—उतना ही इसने उसके पैर पकड़े।"

ध्वनि जैसी होती है, प्रतिध्वनि भी वैसी ही होती है। आभा इस

सम्पूर्ण शक्ति को भरकर एक दूसरे रूप में बदल गई। तन्मय खड़ी सुनती रही—

"यह संसार तुम्हारे लिये जैसा था, मेरे लिए भी वैसा ही था। तुम दुख को समझती थीं, मैं न समझ पाता था, या समझकर भी न समझता था। अब हमें इस संसार को वैसे ही दुख के भीतर से उचित शिक्षा देनी है।"

आभा की आँखें, हृदय, वह सम्पूर्ण निश्चलता कह रही थी—"यह ठीक कह रहे हैं।"

नरेन्द्र ने आभा को देखा, फिर देखा—वह निगाह बदल चुकी थी, जो झुकती है। यह वह निगाह है, जो धूप की तरह लोगों को उठाती हुई उठ जाती है—फिर पृथ्वी पर नहीं झुकती। आभा हृदय से इतना कभी नहीं उठी।

"यह," नरेन्द्र ने मन में कहा—"यह आभा है।" खुलकर बोला—"आभा, चलो; मेरे घर में बहुत दिनों से अँधेरा है; उसमें प्रकाश भर दो। मैंने तुम्हारी शिक्षा के लिए जायदाद बेची है।"

होश में आते ही हृदय हिल उठा। आँखों में शङ्का आई—"आपको लोग क्या कहेंगे ?"

"मुझे कुछ नहीं कह सकते; सब अपनी-अपनी किस्मत को रोयेंगे, जिसे किसी तरह वे फूटा नहीं समझ पाए—थाने जायँगे, दारोग़ा के आगे-पीछे दुम हिलाएँगे—कुत्तों की तरह भौंकेंगे, पर कुछ कर नहीं सकते। सामने आकर काटना देशी कुत्ते जानते नहीं। मैं मुँह पर बिलायती ठोकरें लगाना सीख चुका हूँ, तुम्हें भी सिखाना चाहता हूँ। आओ—"

नरेन्द्र आगे-आगे, इस दृढ़ता को सर्वस्व सौंपकर आभा पीछे-पीछे चली। बारहदरी की बगल में तीन आदमी खड़े थे, इनके आने से पहले चल दिए। नरेन्द्र ने देखा, पर उपेक्षा में भरकर रह गया। आभा ने देखा, मन में कहा—"ये वे ही हैं, जिन्हें रोज़ देखती और

रोज़ समझती थी।"

द्वार खोलकर, दीपक जलाकर नरेन्द्र ने कहा—"आभा, अभी हमें कुछ रोज यहाँ रहना होगा। गाँववालों को बता जाना है कि हम भगनेवाले नहीं थे—तुम्हें, भगनेवाला रास्ता बतलानेवाले थे।"

आभा प्रकाश में मुस्करा दी।

(४)

दूसरे दिन से कई दिनों तक लगातार नरेन्द्र को देख-देखकर गाँव-वालों ने घृणा से अपना ही सर झुका-झुका लिया, और घर-घर राय क़ायम हो गई कि आभा के बाप की नाक कट गई। कीच पर ढेले चलाने से छींटे अपने ऊपर आएँगे, यह समझकर वयोवृद्धों ने आभा के घरवालों को थाने जाने से रोका।

इस तरह की अनेक अड़चनों को आसानी से पार कर नरेन्द्र आभा को लेकर साल-भर से दिल्ली में है। आने के साथ ही, अपनी और आभा की एक साथ उतरवाई तस्वीर ब्याह के सूक्ष्म स्वतन्त्र ब्यौरे से मासिक तथा साप्ताहिकों के सम्पादकों के पास भेज दी। भारत तथा स्त्री-जाति के उद्धार-कल्प से सम्पादकों की लिखी ओजस्विनी टिप्पणियों के साथ दोनों का सुन्दर चित्र प्रकाशित हुआ। छोटे-छोटे पत्रवालों ने ब्लाक मँगा-मँगाकर और ऊँची आवाज़ लगाई। आभा तस्वीरें देख-देख, तारीफ़ पढ़-पढ़ कर मुस्कराती रही।

घर पर उस्तादों को बुलाकर नरेंद्र आभा को नृत्यगीत की शिक्षा दिलवाने लगा—इसको भी एक साल हो चुका। अक्षर-विज्ञान का खुद शिक्षक बना। साल-भर में आभा अच्छी तरह हिंदी और उर्दू समझ लेने लगी है। बुद्धि में इतनी बढ़ गई है, जैसे कई साल से तालीम पा रही हो। जैसा सुरीला, कोमल गला उसका था, स्टेज पर उतारने पर दर्शक ताँगेवालों और प्रशंसक पत्रवालों में उसके उतर जाने की नरेंद्र को शंका न हुई।

आभा का बड़े-बड़े चित्रों, पोस्टरों, दैनिक, साप्ताहिक-मासिक

पत्रों में बड़ा विज्ञापन हुआ। 'लीडर' में विज्ञापन के दाम अग्रिम भेजकर नरेंद्र ने संपादकीय कालम में तारीफ़ छापने का अनुरोध किया। लोगों की तो आज भी बँधी धारणा है कि आँखें मूँदने पर ज्यादा देख पड़ता है। फलतः संपादक के क़लम ने कालम-के-कालम रंग डाले। आभा उतरी भी। और, दर्शकों का क्या कहना, सहृदय तारीफ़ के बोझ से औंधे हो गए। स्त्रियों की पत्रिका 'पतिव्रता' ने लिखा हमारी देवियों को इससे बढ़कर दूसरा आदर्श नहीं मिल सकता कि पति और पत्नी सम्मिलित रूप से कला की सेवा में लगें। साहित्यिक पत्रों ने लिखा, नरेंद्रजी प्रतिभाशाली तो पहले ही से थे, परन्तु अब वह विशेष रूप से राष्ट्र-भाषा को समुन्नत कर रहे हैं। दिल्ली में उनका अर्धनारीश्वर-नाटक बड़ी सफलता से खेला गया, जिसमें पति-पत्नी दोनों उतरे। यह पिछड़े हुए हिंदीवालों को बढ़ने की उचित शिक्षा इस धन्यवादार्ह दंपति ने दी। तीन साल में आभा और नरेंद्र का भारत के कोने-कोने में नाम और बंक-बंक में रुपया हो गया। नरेन्द्र ने एक आश्वासन की साँस ली।

अपना 'सुभद्रार्जुन' नया नाटक शहर-शहर चलकर दिखाने के अभिप्राय से नरेन्द्र ने प्रोग्राम बनाना और विज्ञापन करना शुरू किया। कानपुर, लखनऊ, प्रयाग, काशी आदि शहरों से क्रमशः कलकत्ते तक का निश्चय हुआ। केवल काशी के लिये जरा संदेह रहा। स्टेज के मालिक ने किराए पर स्टेज न देकर कमीशन पर देने की बात लिखी।

कंपनी चली, साथ-साथ पत्रों में सुभद्रा की भूमिका में आभादेवी की आभा-सी तारीफ़! प्रोग्राम बदल देना पड़ा। निश्चित दिनों से अधिक दिन लोगों को तृप्त करने में लगते रहे। सरकारी अफ़सर चलने में सबसे पहले बाधक होते थे। पत्रों की विपुल प्रशंसा और नागरिकों की ऊर्ध्व-कंठ प्रतीक्षा को लिए कम्पनी काशी आई।

'आरती' के प्रकाशक ने पुस्तकों की बदौलत आज के सिनेमा-

साहित्य के उद्धार के विचार से अपनी एक रंगशाला बनवाई है, जिसका नाम भारतीय भावों से, काशी के एक कलाकार से सलाह लेकर 'पवित्रा' रक्खा है। इस स्टेज में नाटक भी खेला जाता है। इन्हीं से नरेन्द्र की शर्तें तय न हुई थीं।

कम्पनी के काशी पहुँचने पर 'पवित्रा' के मालिक स्वयं नरेन्द्र से मिले। पुरानी पहचान थी ही। बड़ा सम्मान-प्रदर्शन किया। नरेन्द्र ने कहा—"आपसे भाड़े का स्टेज नहीं मिला, अतः लाचार होकर मुझे दूसरा प्रबन्ध करना पड़ेगा।" नम्र भाव से मुस्कराते हुए 'पवित्रा' के मालिक ने कहा—"पवित्रा आप ही की है। आप कुछ भी न दें।"

नरेन्द्र ने कहा—"नहीं, ऐसी तो कोई बात है नहीं, आप अगर लेना चाहें।"

वैसा ही नम्र उत्तर आया—"पचास नहीं, तो चालीस सैकड़ा तो दीजिए।"

नरेन्द्र ने भौहें सिकोड़ लीं। कहा—"हमारे चालीस सैकड़े के मानी हैं, भाड़े के अलावा आपको सात-आठ सौ रुपए रोज मिलेंगे। अगर यही है, तो पंद्रह सैकड़ा ले लीजिए।"

"पंद्रह सैकड़ा!"

नरेन्द्र अट्टहास हँसा। संयत होकर कहा—"बाबू धनीरामजी, मैं ६ महीने में एक किताब लिखता था, पर उसके लिये आपने मुझे १५ सैकड़ा भी नहीं दिया!"

(५)

एक दिन, बाहर की पृथ्वी में प्रकाश की तरह प्रसिद्ध हो चुकने पर, आभा ने नरेन्द्र के पास एकांत में बैठकर हाथ में हाथ लेते हुए कहा—"नरेन, तुम बुरा तो न मानोगे, मैं देखती हूँ, दुख बहुत थे जरूर; पर मंदिर का वह दीप जलानेवाला जीवन मुझे बड़ा सुखमय लग रहा है।"

८

भक्त और भगवान्

(१)

भक्त साधारण पिता का पुत्र था। सारा सांसारिक ताप पिता के पेड़ पर था, उस पर छाँह। इसी तरह दिन पार हो रहे थे। उसी छाँह के छिद्रों से रश्मियों के रंग, हवा से फूलों की रेणु-मिश्रित गंध, जगह-जगह ज्योतिर्मय जल में नहाई भिन्न-भिन्न रूपों की प्रकृति को देखता रहता था। स्वभावतः जगत् के करण-कारण भगवान् पर उसकी भावना बँध गई।

पिता राजा के यहाँ साधारण नौकर थे। उसे इसका ज्ञान रहने पर भी न था। लिखने के अनुसार उसकी उम्र का उल्लेख हो जाता है। इस समय एक घटना हुई। गाँव के किनारे, कुएँ पर, एक युवती पानी भर रही थी। पकरिए के पेड़ के नीचे एक बाबा तन्मय गा रहे थे—"कौन पुरुष की नार झमाझम पानी भरे?" युवती घड़ा खींचती दाहनी ओर के दाँतों से घूँघट का छोर पकड़े, बाएँ झुकी, आँखों में मुस्करा रही थी। तरुण भक्त की ओर मुँह था। बाबाजी की ओर दाहने अंगों से पर्दा।

भक्त का विद्यार्थी-जीवन था। उसने पढ़ा। विस्मित हो गया। देवी को मन में प्रणाम कर आगे बढ़ा। गाँव की गली में साधारण किसानों की भजन-मंडली जमी थी। खँझड़ी पर लोग समस्वर से गा रहे थे।

"कहत कोउ परदेसी की बात—
कहत कोउ परदेसी की बात!

वह तरु-लता, वई द्रुम-खंजन,
वह करील, वह पात;
जब ते बिछुरे स्याम साँवरे,
न कोउ आवत - जात !"

तरुण युवक खड़ा हो गया। अच्छा लगा। एक पेड़ की जड़ पर बैठकर एकचित सुनता रहा। कितने भाव प्राणों में जगकर उथल-पुथल मचाने लगे—"यह परदेशी की बात कौन कहता है? क्या कहता है? तरु-लता-द्रुम-खंजन-करील आदि वही सब अब भी हैं, पर श्याम बिछुड़ गए हैं, इसीलिये तो वह सब सूना हो रहा है? वहाँ कोई नहीं आता-जाता !—यह परदेशी की कैसी बात है?" कितने विचार बह गए। वह सुनता रहा—अज्ञात भी कितना कह गए। फिर सब भूल गया। एक होश रहा—यह परदेशी कौन है—क्या कहा—यह साँवरे श्याम कैसे बिछुड़े?—फिर भी परदेशी की बात कहने में इनका अस्तित्व है !

चुपचाप उठकर वह चला गया। गाँव से बाहर एकांत में, एक रास्ते के किनारे, चढ़ी मालती के बड़े पीपल के नीचे बँधे पक्के चबूतरे पर, महावीरजी की सुन्दर मूर्ति स्थापित थी, वहीं जाकर बैठ गया। विशद विचार का नशा था ही। लड़ी आप फैल चली। तुलसीदास की याद आई। महावीरजी, तुलसीदासजी और श्रीरामायण से हिंदी-भाषी पठित हिंदू-मात्र का जीवन-संबंध है। मन सोचने लगा। तुलसीदास की सिद्धि के कारण महावीरजी हैं। सामने सिंदूर की सजी सुन्दर मूर्त्ति पर सूर्य की किरणें पड़ रही थीं। देखकर भक्ति-भाव से प्रणाम किया। अर्थ कुछ नहीं समझा। पर उस पत्थर की मूर्त्ति पर प्राण मुग्ध हो गए। यह एक संस्कार था—एक मूर्ख संस्कार, जिसे ब्रह्म-भाव के लोग आज कुसंस्कार कहते हैं, वृहत्तर भारत के निर्माण के लिये प्रयत्न पर हैं।

'खसी माल मूरति मुसकानी' वह नहीं समझा; पर खसी

मालवाली—विना माला की मूर्त्ति मुस्कराई। उसने केवल देखा—सामने एक क़लमी पुराने आम के पेड़ पर नई जंगली बेले की लता पूरी फूली हवा में हिल रही है। तरुण भक्त की इच्छा हुई, माला गूँथकर महावीरजी को पहनाएँ। सामने केले लगे थे। एक पत्ता बीच से तोड़कर पैनी लकड़ी से काट लिया, और पेड़ पर चढ़कर, उसी के बनाए दोने में फूल तोड़-तोड़कर रखने लगा। फिर गुर्च-जैसी एक लता की पतली लड़ी तोड़कर, उसी चबूतरे पर बैठकर माला गूँथने लगा। पूरी होने पर महाबीरजी को पहनाकर देखा। कोई हँस दिया—वह नहीं समझा। प्रणाम कर चला गया।

वह विवाहित था। घर आया। सिंदूर का सुहाग धारण किए नवीन पत्नी खड़ी थी, आँखों में राज्य-श्री उतरकर अभिनन्दन कर रही थी—वह मुस्कराई; पर वह फिर भी नहीं समझा।

(२)

भक्त की ऋतुएँ बहुत धीरे-धीरे वेश बदलती हुई चलती हैं। पर इतनी सुन्दर हैं, इतनी कोमल और इतनी मनोरम कि वहाँ प्रखरता का कोई भी निर्झर-स्वर नहीं, जो शैलोच्च प्रकृति से उतरता हुआ हरहराता हो, वहाँ केवल मर्मरोज्ज्वल तरंगभंग हैं।

भक्त का नाम निरंजन था। सम्पत्ति के सम्बन्ध में भी वह निरंजन था। केवल भक्ति थी। भक्ति बुद्धि नहीं, पर पूजा चाहती है। पूजा के लिये सामग्री एकत्र करने की विधि वह नहीं बताती, विधि आप विधान देते हैं।

भक्त ने देखा, राजा का सरोवर सरोरुहों से पूर्ण है। नील जल-राशि पर हरे पत्र, उनके बीच वृन्त उठे, उन पर डोलते हुए कमल, उन पर काँपती हुई किरणें। भक्त ने देखा—ये श्वेत-कमल श्वेत होकर भी कैसी अञ्जलि बाँधे हुए हैं; इच्छा हुई, इन्हें महावीरजी पर चढ़ावें। लाँग मारकर पानी में कूद पड़ा। जल 'छल-छल' कहता छलकता हुआ, तरंगों से वर्तित हो चला। वह तैरने लगा। नाल और नालों के काँटे

रोकने लगे—लिपटकर, छिदकर, खँरोचते रहे; पर उसे केवल महावीरजी, पूजा और कमलों का ध्यान था—तैरता-तोड़ता, तट-जल पर फेंकता रहा। फिर निकलकर उठा लिए। चबूतरे पर जाकर भक्ति-भाव से सजाने लगा। मूर्त्ति वीर-मूर्त्ति न थी। हाथ जोड़े हुए थी। दोनों बगलों में, कन्धों के बीच कानों के नीचे, पैरों से लेकर ऊपर तक मूर्त्ति को श्वेत-कमलों से सुवासित कर दिया। सिर के लिये एक सनाल कमल की गुड़री बनाई। पहनाने लगा, आगे भार अधिक होने के कारण अर्द्ध-विकच कमल गिरने लगा—सँभालकर, दबाकर पहना दिया। देर तक तृप्ति की दृष्टि से देखता रहा, जैसे कमल उसी के हों, इस सारी शोभा पर उसी की दृष्टि का पूरा अधिकार हो।

घर आकर बड़ी प्रसन्नता से रात के भोजन के बाद सोया। मस्तिष्क स्निग्ध था। बात-की-बात में नींद आ गई। रात पिछले पहर की थी। स्वप्न देखने लगा। इसे आजकल के लोग संस्कार कहेंगे। पर इसकी पूरी व्याख्या करते नहीं पढ़ा गया। देखा, महावीरजी की वही भक्ति-मूर्त्ति सामने मुस्कराती हुई खड़ी है। कह रही है—"बन्धु, तुमने अपनी पूजा का स्वार्थ देखा, पर मेरे लिये कुछ भी विचार नहीं किया। कमल-नाल की गुड़री इतने जोर से तुमने गड़ाई कि उसके काँटे मेरे सर में छिद गए हैं, दर्द हो रहा है।" भक्त वज्रांग की वाणी सुनकर चकित था, साथ आनन्द में मत्त कि वज्रांग इतने कोमल हैं!

वह मूर्त्ति धीरे-धीरे अदृश्य हो चली। साथ भक्त की पत्नी अँधेरे के प्रकाश में उठती हुई सामने आई। सिर पर सिन्दूर चमक रहा था। महावीरजी अदृश्य होते हुए बदल गए—"इनके मस्तक पर क्या है!" भक्त को ताज्जुब में देखकर पत्नी बोली—"प्रिय, महावीर को मैं मस्तक पर धारण करती हूँ।" स्वप्न में भक्त ने पूछा—"मैं नहीं समझा—अर्थ क्या है?" बड़ी रहस्यमयी मुस्कान आँखों में दिखाई दी। "उठो", पत्नी ने कहा—"अर्थ सब मैं हूँ—मुझे समझो।" भक्त की आँखें खुल गईं। जगकर देखा, पत्नी घोर निद्रा में सो रही है। उसका

दाहना हाथ उसके हृदय पर रक्खा है, जैसे उसके हृदय के यंत्र को स्वप्न के स्वरों में उसी ने बजाया हो। खिड़की से ऊषा की अन्धकार को पार करनेवाली तैरती छवि, दूरजगत की मधुर ध्वनि की तरह, अस्पष्ट भी स्पष्ट प्रतीत हो रही थी। भक्त ने उठकर बाहर जाना चाहा। धीरे से, हृदय से प्रिया का हाथ उठाकर चूमा; फिर सघन जाँघ पर सहारे से प्रलम्ब कर एक बार मुँह देखा—खुले, प्रसन्न, दिव्य भाल पर अन्धकार वालों को चीरनेवाली माँग में वैसा ही शोभन सिन्दूर दीपक-प्रकाश में जाग्रत् था। कमल-आँखें मुँदी हुई। कपाल, भौंह, गाल, नाक, चिबुक आदि के कितने सुन्दर कमल सोहाग-सिन्दूर पर चढ़े हुए हैं! देखकर चुपचाप उठकर बाहर चला गया।

(३)

भक्त की भावना बढ़ चली। प्राणों में प्रेम पैदा हो गया। यह बहुत दूर का आया प्रेम है, यह वह न जानता था। क्योंकि वह जाग्रत् लोक में ज्यादा बँधा था। उसकी मुक्ति जाग्रत् की मुक्ति थी। खाने-पीने, रहने-सहने की मामूली बातों से निवृत्त हो, इतना ही समझता था। स्वप्न के बाद तमाम दिन एक प्रसन्नता का प्रवाह बहा—पहलेपहल जवानी में ब्याह होने पर जैसा होता है।

आज फिर अच्छी पूजा की इच्छा हुई। सरोवर के किनारे से, दूसरों की आँख बचाकर, ऊँची चारदीवार की बग़ल-बग़ल जाने लगा। बारहदरी के पिछवाड़े, एक दूसरे सरोवर के किनारे, गुलाब-बाग़ था। दाहने आमों की श्रेणी। बीच से बड़ा रास्ता। राहियों की नजर से ओझल पड़ता था। चुपचाप, केले का एक वैसा ही आधार लिए बाग़ में पैठा। बसरा, बिलायत, फ्रांस आदि देशों के, तरह-तरह के, घने और हल्के लाल, गुलाबी, पीले गुलाब हिल रहे थे, जैसे हाथ जोड़े आकाश की स्तुति कर रहे हों—'खेसंभवं शंकरम्'—'खे संभवं शंकरम्' मौन वीणा बजा रही हो, सुगंध की झंकारें दिशाओं को आमोद-मुग्ध

करती हुई।

क्षण-भर शोभा देखकर गुलाब तोड़ने लगा। ध्यान महावीरजी की ओर बह रहा था। साक्षात् भक्ति जैसे वीर की सेवा में रत हो।

लौटकर आज लाल को लाल करने चला। सिंदूर पर गुलाब की शोभा चढ़ी। सुन्दर सब समय सुन्दर है। सजाकर देर तक देखता रहा। यही पूजा थी।

घर आया। पत्नी ने नई साड़ी पहनी थी, गुलाबी। देखकर भक्त हँसा। रात का स्वप्न मस्तिष्क में चक्कर काटने लगा। कहा—"तुम मन की बात समझती हो।"

सहज सरलता से पत्नी ने कहा—"तुम जैसा पसंद करते हो, मैं वैसा करती हूँ।"

भक्त की इच्छा हुई, रात की बात कहे; पर किसी ने रोक दिया। सर झुकने लगा—न झुकाया। पत्नी सर झुकाये मुस्करा रही थी। मस्तक का सिंदूर चमक रहा था। देखकर भक्त चुप हो गया।

उसकी पत्नी का नाम सरस्वती था। पति को चुप देखकर बोली—"मेरा नाम सरस्वती है, पर मैं सजकर जैसे लक्ष्मी बन गई हूँ।" यह छल भक्त को हँसाने के लिये किया था, पर भक्त ने सोचा, यह मुझे समझना है कि तुम विष्णु हो। वह और गंभीर हो गया। मन में सोचा, यह सब समझती है।

(४)

कुछ दिनों बाद एक आवर्त आया। भक्त के घरवाले ईश्वर के घर चले गए। धैर्य से उसने यह प्रहार सहा। पहले उसकी पत्नी मरी थी। घर बिलकुल सूना हो गया।

एक दिन पड़ोस की एक भाभी मिलीं। कहने लगीं—"भैया, ऐसी देवी तुम्हें दूसरी नहीं मिल सकती, चाहे तुम दुनिया देख डालो। उसने दो साल पहले मुझसे कहा था, दीदी, मैं दो साल और हूँ।" भक्त दंग हो रहा—पहले के उसके भी संस्कार उग-उगकर पल्लवित हो चले।

वह नहीं समझा कि एक दिन अपनी जन्म-पत्रिका पढ़ते हुए पत्नी से उसने कहा था कि दो साल बाद दारा और बंधुओं से वियोग होगा, लिखा है; इसे उसकी पत्नी प्रमाण की तरह ग्रहण किए हुए थी, और इसी के आधार पर दीदी से भविष्य-वाणी की थी।

पत्नी की समझ को उसी के सिंदूर की तरह सिर पर धारण कर वह महावीरजी की सेवा में लीन हुआ। अब रामायण भी उन्हें पढ़कर सुनाया करता था। रामायण के ऊँचे गूढ़ अर्थ अभी मस्तिष्क में विकास-प्राप्ति नहीं कर सके। पत्नी के बाद पिता तथा अन्य बन्धुओं का भी वियोग हुआ था। राजा ने दया करके एक साधारण नौकरी उसे दी।

उन्हीं दिनों श्रीपरमहंसदेव के शिष्य स्वामी प्रेमानंदजी को राजा के दीवान अपने यहाँ ले गए। राजा की परमहंसदेव के शिष्यों पर विशेष श्रद्धा न थी। वह समझते थे, साधु महात्मा वह है ही नहीं, जिसके तीन हाथ की जटा, चिमटा न हों, चिलम भी होनी चाहिए, और धूनी भी। तभी राजा भक्तिपूर्वक गाँजा पिलाने को राजी होते। परन्तु राजा के पढ़े-लिखे नौकर पुराने महात्माओं को जैसा घोंघा समझते थे, राजा को उससे बढ़कर खाजा।

स्वामी प्रेमानंदजी का बड़े समारोह से स्वागत हुआ। भक्त भी था। दीवान साहब भक्त की दीनता से बड़े प्रसन्न थे। भक्त ने स्वामीजी की माला तथा परमहंसदेव की पूजा के लिये ख़ूब फूल चुने। स्वामीजी मालाओं में भर गये। हँसकर बोले—"तोरा आमाके काली करे दिली।"

(तुम लोगों ने मुझे काली बना दिया।)

भक्त नहीं समझा कि उस दिन उसके सभी धर्मों का वहाँ समाहार हो गया—ब्रह्मचारी महावीर, उनके राम, देवी और समस्त देव-दर्शन उन जीवित सन्यासी में समाकृत हो गए।

बड़ी भक्ति से परमहंसदेव का पूजन हुआ। दीवान साहब कबीर साहब का बँगला-अनुवाद स्वामीजी को सुना रहे थे, राज्य के अच्छे-

अच्छे कई अफ़सर एकत्र थे, भक्त तुलसी-कृत रामायण सुनाने को ले गया, और स्वामीजी की आज्ञा पा पढ़ने लगा। स्थल वह था, जहाँ सुतीक्ष्ण रामजी से मिले हैं, फिर अपने गुरु के पास उन्हें ले गए हैं। स्वामीजी ध्यान-मग्न बैठे सुनते रहे। "श्यामतामरस-दाम-शरीरम्; जटा-मुकुट-परिधन-मुनि-चीरम।" आदि साहित्य-महारथ महाकवि गोस्वामी तुलसीदास की शब्द-स्वर-गंगा बह रही थी, लोग तन्मय मज्जित थे। स्वामीजी के भाव का पता न था। भक्त कुछ थक गया था। पूर्ण विरामवाला दोहा आया, स्वामीजी ने बन्द कर देने के लिए कहा।

फिर तरह-तरह के धार्मिक उपदेश होने लगे। स्वामीजी ने दीवान साहब से हर एकादशी महावीर-पूजन और रामनाम-संकीर्तन करने के लिये कहा।

(५)

भक्त को नौकरी नहीं अच्छी लगती थी। मन-पूजा के सौंदर्य-निरीक्षण की ओर रहता था। तहसील-वसूल, जमा-खर्च, खत-किताबत, अदालत-मुक़द्दमा आदि राज्य के कार्य प्रतिक्षण सर्प-दंशवत् तीक्ष्ण ज्वालामय हो रहे थे, हर चोट महावीरजी की याद दिलाने लगी। मन में घृणा भी हो गई, राजा कितना निर्दय, कितना कठोर होता है! प्रजा का रक्त-शोषण ही उसका धर्म है!

उसने नौकरी छोड़ने का निश्चय कर लिया। उस रोज़ शाम को महावीरजी को प्रणाम करके चिंतायुक्त घर लौटा। घर में दूसरा कोई न था, भोजन स्वयं पकाता था। खा-पीकर सोचता हुआ सो रहा।

समय समझकर महावीरजी फिर आये। उसने आज महावीरजी की वीर-मूर्त्ति देखी। मन इतने दूर आकाश पर था कि नीचे समस्त भारत देखा; पर यह भारत न था—साक्षात् महावीर थे, पंजाब की ओर मुँह, दाहने हाथ में गदा—मौन शब्द-शास्त्र, बंगाल की तरफ़ से गए बाएँ पर हिमालय-पर्वतों की श्रेणी, बंगाल के नीचे बंगोपसागर, एक घुटना वीर-वेश-सूचक—टूटकर गुजरात की ओर बढ़ा हुआ, एक

पैर प्रलम्ब—अँगूठा कुमारी-अंतरीप, नीचे राक्षस-रूप लंका-कमल—समुद्र पर खिला हुआ।

ध्वनि हुई—"वत्स, यह वीर-रूप समझो।" इसके बाद स्वामी प्रेमानन्दजी की प्रशांत मूर्त्ति ऊषा के अरुण प्रकाश की तरह भक्त के सुन्दर मन के आकाश से भी ऊँचे उगी। ध्वनि हुई—"वत्स, यह सूक्ष्म भारत हैं, इससे नीचे नहीं उतर सकते; इनका प्रसार समझ के पार है।" एक बार सूर्य दिखाई दिया, फिर अगणित तारे; प्रकाश मंदतर होता हुआ विलीन हो गया।

फिर उसके पूजित महावीरजी की वही भक्त-मूर्त्ति आई, हाथ जोड़े हुए। उसी मुख से निर्गत हुआ—"मैं इसी तत्त्व को हाथ जोड़े हुए हूँ—यही मेरे राम हैं; तुम इसी तरह रहो। किसी कार्य को छोटा न समझो, न किसी की निंदा करो।"

अंधकार जल पर एक कमल निकला, हाथ जोड़े हुए बोला—"मैं तो राजा का था, तुमने मुझे क्यों तोड़ा?" फिर गुलाब हिल-हिलकर कहने लगे—"मुझे छूने का तुम्हें क्या अधिकार था?" हाथ जोड़े हुए महावीरजी बोले—"वत्स, यहाँ कौन-सी चीज़ राजा की नहीं है—यह मूर्त्ति किसकी ख़रीदी है? कौन पुजवाता है?"

स्वप्न में आतुर होकर भक्त ने कहा—"ये ग़रीब मरे जा रहे हैं—इनके लिये क्या होगा?"

"ये मर नहीं सकते, इनके लिये वही है, जो वहाँ के राजा के लिए, इन्हें वही उभाड़ेगा, जो वहाँ के राजा को उभाड़ता है, तुम अपने में रहो। दूर मत आओ।"

मन धीरे-धीरे उतरने लगा। देखा, आकाश की नीली लता में सूर्य, चंद्र और ताराओं के फूल हाथ जोड़े खिले हुए एक अज्ञात शक्ति की समीर से हिल रहे हैं, पृथ्वी की लता पर पर्वतों के फूल हाथ जोड़े आकाश को नमस्कार कर रहे हैं—आशीर्वाद की शुभ्र हिम-धारा उन पर प्रवाहित है; समुद्रों की फैली लता में आवर्तों के फूल खुले हुए

अज्ञात किसी पर चढ़ रहे हैं; डाल-डाल की बाहें अज्ञात की ओर पुष्प बढ़ाये हुये हैं। तृण-तृण पूजा के रूप और रूपक हैं। इसके बाद उन्हीं-उन्हीं पुष्पों के पूजा-भावों में छन्द और ताल प्रतीयमान होने लगे—सब जैसे आरती करते, हिलते, मौन भाषा में भावना स्पष्ट करते हों; सबसे गन्ध निर्गत हो रही है, सत्य की समीर वहन कर रही है, पुष्प-पुष्प पर अज्ञात कहाँ से आशीर्वाद की किरणें पड़ रही हैं, इसके बाद उसकी स्वर्गीया प्रिया वैसे ही सुहाग का सिन्दूर लगाए हुए सामने आई।

"वत्स, यह मेरी माता देवी अंजना हैं। इनके मस्तक पर देखो," उसी भक्त-मूर्त्ति की ध्वनि आई।

मस्तक पर वीर-पूजा का वही सिंदूर शोभित था। मुस्कराकर देवी सरस्वती ने कहा—"अच्छे हो?"

आँख खुल गई, कहीं कुछ न था।